보이는 역사는 아주 작습니다

보이는
역사는 아주
작습니다

조각조각

부서진 역사를 엮어

읽는 드라마를

만들다.

이호석 지음

답

스카라극장을 아십니까.

지금 나이가 서른을 넘기신 분들은 아마 스카라극장 모르는 분은 없을 겁니다. 1935년 지어졌고 서울 중심부의 유명 극장이었죠. 지하 1층 지상 2층 콘크리트 건물이었고 1930년대 모더니즘 건축양식의 전형으로 불렸습니다.

이 건물은 그런데 지금은 사진으로만 남아있습니다. 지난 2005년 문화재 당국이 이 건물을 근대문화유산으로 등록 예고하자 문화재가 되면 재산권 행사에 제약을 받을 것을 우려한 건물주가 건물을 부숴버렸기 때문입니다.

당시는 멀티플렉스 극장들이 대세를 타던 시기였고 서울 유일의 단관극장이었던 스카라는 그렇지 않아도 영업이 잘 안 되던 차에 개조나 매매 등에서 지장을 받을까 봐 건물주는 문화재로서의 가치를 없애는 극단적인 선택을 한 거죠.

이제 스카라극장 건물은 역사 속으로 사라졌고 지금은 그 자리에 다른 높은 빌딩이 세워져 있습니다.

"유럽은 잘해놨던데, 우리는 왜
제대로 변변한 게 없냐"고요?

유럽여행을 다녀오신 분들이 하나같이 하는 얘기가 유럽은 문화재나 유적이 정말 잘 보존되어 있더라, 너무 부럽다, 우리는 왜 그런 거

하나가 없냐 이런 얘기들입니다.

우리가 처음부터 유럽 나라들에 비해 잔존 유물 숫자가 적은 나라가 절대 아닙니다. 다만 대부분의 문화재나 유물, 유적이 스카라 극장 같은 운명을 맞았을 뿐입니다.

추측이지만 유럽의 내로라하는 문화재들을 부러워하시는 분들도 자기 동네 개발을 놓고서는 지역 문화재 이전이나 철거에 대부분이 동의하실 겁니다. 우리 대부분은 사실 그런 이중적인 인식을 갖고 있으며 그런 시대에 살고 있습니다.

이런 현상이 생긴 이유는 여러 가지가 있겠지만 제 생각은 이렇습니다. 과거의 유물들을 그저 물건으로만 기억하는 우리나라의 역사 기억 방식 때문이라고.

지식으로서의 역사는 그만,
되살아 나는 역사로

유럽은 역사와 유물을 기억하는 방식이 우리와는 많이 다릅니다. 우리는 문화재의 제작 기법을 배우고 조형미를 배우고 어느 시대 작품인지를 외우지만 그 사람들은 이보다는 그 유물이나 유적에 담긴 스토리를 배우고 그것에 더 관심이 많습니다.

여기가 나치 독일이 항복문서에 서명한 곳, 피카소가 즐겨

찾던 식당의 즐겨 앉던 자리, 모차르트 피가로의 결혼이 초연된 곳 등 이런 식입니다. 이렇게 스토리를 알게 되면 그 문화재를 통해 역사와 내가 연결됩니다.

당시의 상황을 상상하면서 항복 조인식 현장에 내가 있는 것 같고, 피카소가 앉았던 자리에 앉아서 그가 느꼈을 심상을 생각해보게 되는 겁니다. 자연스레 그렇게 됩니다. 과거 역사 속에 내가 들어와 있는 것 같고 역사가 깨어난다는 것이 무엇인지를 알게 되는 겁니다.

공부를 하고 특징을 외우는 식으로 역사를 기억하는 방법은 역사와 나의 연계성을 일깨워주지 못합니다. 지식 한 조각을 머릿속 저장 장치에 넣는 것에 불과하며 유물을 그저 피상적인 구경거리로만 대하게 만듭니다.

그래서 결국 보존이냐 철거냐 하는 문제가 터져 나와 그것이 당장 내 경제적 이익과 상충할 때는 별 고민 없이 이익을 택하게 만드는 겁니다. 최소한 그 유물이나 유적이 얼마나 험난한 수백 수천 년의 시간을 견뎌서 우리에게 왔는지를 알게 된다면 아마 결정이 쉽진 않게 될 겁니다.

다행스럽게도 우리나라는 워낙 문화예술 분야에 도통했던 선조들이 많았던지라 왕조가 망하고 수도가 불타는 경우를 수없이 당했어도 그래도 지금 우리 곁에는 세계 어디에 내놔도 자랑스러운 '고급진 문화재'들이 적지 않습니다.

이게 몇 세기 작품이다 우리도 이제 이런 거 그만하고 문화와 유물들에 스토리를 넣을 때가 되었다 싶습니다. 아니 사실은 많이 늦었습니다. 이것이 이 책을 쓴 이유입니다.

이 책을 통해서 우리나라의 역사와 지금의 내가 별개가 아니라는 것, 지금 이 순간도 역사라는 것, 실물뿐만 아니라 거기 담긴 스토리까지가 역사라는 것, 그렇게 역사를 온전히 해서 후손에 물려주어야 한다는 것, 이런 것들을 같이 느껴봤으면 합니다.

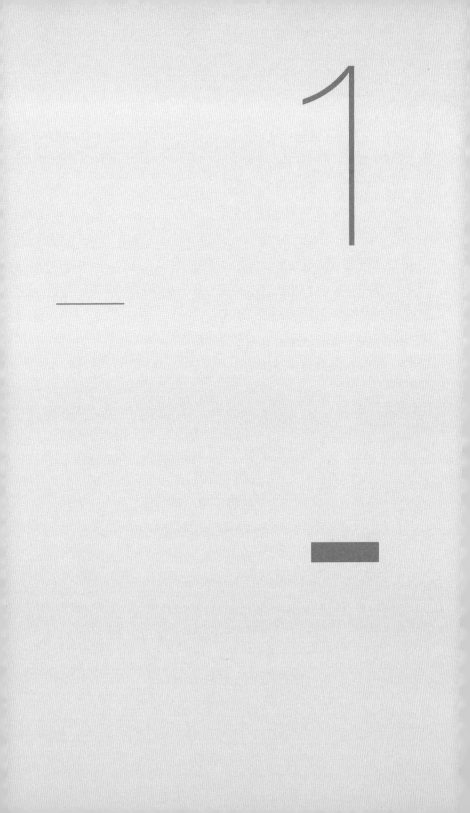

1

스토리에 담은
우리 유물,
우리 사람

+ +

익숙한 이름, 익숙한 물건, 그렇지만 우리는
그들을 얼마나 알고 있을까. 우리가 미처
몰랐던 그들에게 스토리를 입히다.

─────────

누구나 알지만
제대로 모르는
윤봉길

장부 출가 생불환. (丈夫出家生不還)
장부가 집을 나서면 살아서
돌아오지 않는다.

-

윤봉길

충남 예산군 덕산 출신. 본명 윤우의. 파평 윤씨. 고려 명장 윤관의 후손. 1932년 4월 29일 상하이 훙커우공원에서 열린 일본 왕의 생일 축하연에서 윤 의사는 중국주둔 제국주의 군대 지휘부를 일격에 처단했습니다.

거사 후 두 번째 폭탄을 던지려던 그를 일본 헌병들이 덮쳐 결국 격렬한 저항 끝에 체포됩니다. 윤 의사는 이후 중국과 일본으로 압송과 이감을 거듭하며 인간으로서는 상상할 수조차 없는 구타와 고문과 모멸을 당합니다. 일제의 법정에서 사형을 선고받은 그는 당당하게 이렇게 말했습니다.

"마지막으로 남길 말은 없는가."
"이미 죽음을 각오했으므로 하등의 남길 말이 없다."
1932년 12월 19일 오전 7시 27분.

일본 이시카와 현 가나자와시 외곽의 서북쪽 골짜기에서 형틀에 묶인 채로 일본 헌병의 총을 맞습니다. 13분 뒤 그는 그렇게 죽는 순간까지도 고통스럽게 절명했습니다. 시신은 아무렇게나 수습돼 가나자와 형무소의 쓰레기 처리장에 암매

장됐습니다. 지금 윤 의사의 의거는 알아도 그가 어디서 어떻게 죽어갔다는 걸 아는 사람들은 몇 명이나 될까요.

윤의사 의거 후 중국 국민당 정부의 장개석이 했다는 말.

"중국의 100만 대군도 못하는 일을
조선의 한 청년이 해냈다."

윤 의사의 희생 이후 중국 정부는 상해 임시정부를 전폭적으로 지원합니다. 임시정부의 존재 자체를 무시했던 중국은 임시정부를 동맹국 정부로 공식적으로 인정하게 됩니다.

'국부'라는 이승만을 권좌에서 몰아낸 4.19혁명 이후 1962년에야 윤 의사에 대한 건국훈장 추서. 의거 이후로는 30년 만에, 해방 이후로는 17년 만에야 대한민국 정부가 그의 희생을 공식적으로 예우하고 기록한 셈입니다.

1928년 그의 나이 20세 되던 해 그는 시집을 3권이나 낸 문학 청년이었습니다. 꿈 많던 젊은 시절엔 시인이 되고 싶었던 그분. 그는 이렇게 강렬했던 삶을 다하고 새벽의 별처럼 스러져갔습니다. 그의 나이 24살. 그는 원래 의사도 열사도 아닌 시인이었습니다.

윤 선생의 일생은 그 여정이 고스란히 식민지 청년의 깨달음과 그로 인한 고단한 삶과 투쟁의 길입니다.

그는 1919년의 3.1혁명으로 최초로 민족의식에 눈 뜹니다. 윤 선생은 한 해 전인 1928년에 덕산 보통학교에 입학한 처지였으나 전국적인 저항운동을 목격한 그는 학교에서의 교육이란 것이 황국 신민을 양성하기 위한 식민지 노예교육임을 깨닫고 학교를 자퇴합니다.

그는 이후 한학 공부에 몰두하면서 특히 1921년에는 유학자인 성주록이 열었던 오치서숙이란 서당에서 사서삼경 등을 배웁니다. 1928년 그의 나이 20세 되던 해에 그는 〈오추〉〈옥수〉〈임추〉 등 시문집을 3권이나 내기도 했습니다.

이후 그는 농민계몽운동에 적극 뛰어듭니다. 자신의 집에 야학을 열어 문맹 퇴치에 힘썼고 1928년에는 '부흥원'이라는 운동단체를 만들어 증산 운동, 토산품 애용, 부업 장려, 공동조합 등의 활동에 나섭니다. 또 수많은 독서회 강연회 등으로 농민들의 의식 향상을 위해 애썼습니다.

윤 의사에게 두 번째 깨달음을 준 것은 이흑룡이라는 독립운동가입니다. 그에 대해서는 자세히 전해지는 것이 없으나 만주 출생으로 대한 독립군단이란 항일단체에서 국내에서 동지들을 규합하던 비밀조직원으로 활동했습니다.

윤봉길 선생은 1929년 2월 부흥원의 낙성식을 치르는데 그 행사에서 〈토끼와 여우〉라는 아동 학예회 연극이 공연됩니다. 우화를 통해 일본 제국주의 강압통치를 비판하는 내용이었습니다. 평소 윤 선생의 활동을 마뜩잖게 보던 일제는 공연 다음날 윤 선생을 경찰 주재소에 불러다 그의 농민계몽, 의식 개조 활동에 대해 협박을 늘어놓습니다.

이즈음 윤 선생에게 나타난 사람이 이흑룡이라는 사람입니다. 일제의 지속적인 탄압으로 계몽운동이 벽에 부딪히면서 윤 선생이 활동 방향에 대한 새로운 전환을 고민하고 있을 때 이흑룡은 상하이행을 권유합니다. 이흑룡은 윤 선생에게 '대한 독립군단 특수공작원' 증명서를 보여 주고 당시 중국 등 국내외 독립운동 정세를 설명하는 한편 본격적인 항일투쟁에 나설 것을 설득합니다.

윤 선생이 이흑룡을 처음 만난 그해 1929년 11월 3일 일어난 광주학생운동도 선생의 결심에 영향을 끼칩니다. 학생들의 투쟁을 통해서 농민계몽운동과 생활운동보다는 좀 더 직접적인 항일운동을 통한 민족의 독립이 결국 최종의 목표임을 인식하는 것입니다.

모든 조선인의 행복과 인간다운 삶은 계몽운동과 같은 개혁운동의 차원이 아니라 직접 투쟁을 통한 민족의 독립을 달성할 때 비로소 가능하다고 선생은 판단하게 됩니다.

1929년 12월 16일 자 일기에 윤 의사는 이렇게 썼습니다.

> "함흥 수리조합 일본인들이 조선인 3명을 타살.
> 아! 가엾어라, 이 압박 어느 날 갚을는지."

1932년 선생의 상하이 의거는 이미 이때부터 준비되고 시작된 것이라 봐야 할 것입니다.

광주 학생의거 다음 해인 1930년 선생은 상하이로의 대장정을 시작합니다. 22살의 나이였습니다. 부모님과 갓 태어난 아들, 만삭의 부인, 그리고 고향 마을 덕산의 동지들을 두고 죽음을 각오한 길을 떠나는 그의 심정은 이것이었습니다. 1930년 3월 6일 새벽 그가 길을 떠나면서 가족들에게 남긴 편지입니다.

장부 출가 생불환 (丈夫出家生不還),
장부가 집을 나서면 살아서 돌아오지 않는다.

선생은 만주와 청도 등을 거쳐 1931년 5월 상하이에 도착합니다. 1년 2개월의 여정이었습니다.

그 무렵의 동북아 정세는 일본의 침략전쟁이 본격화되고 있었습니다. 1931년 9월 18일 이른바 만주사변이 일어납니다. 일본 관동군이 본격적으로 만주를 침략한 사건으로 중국은 결국 만주에서 패퇴하고 일본은 만주국이라는 괴뢰국가를 세웁니다.

만주에서 벌어진 중일 간의 전쟁으로 중국 내 반일감정은 폭발하게 됩니다. 그러던 와중에 1932년 초 일본인 승려들이 중국인들에게 상하이에서 폭행당하는 사건이 발생합니다. 이로 인해 상하이 거주 일본인들과 중국인들이 서로를 비난하는 항의 시위가 격렬하게 일어나는 가운데 일본은 자국민 보호를 명분으로 그해 1월 28일 해군육전대와 공군 전력을 상하이만에 상륙시키는 침략을 단행합니다. 만주에 이어 중국 본토에 대한 2차 침략이 시작된 것입니다.

중국군은 한 달간 일본군과 맞서 싸웠지만 결국 3월 1일 18로군이 퇴각하면서 일본은 승리를 거둡니다. 이것이 이른바 1차 상하이사변입니다.

사변 이후 중일 간의 전쟁 뒷수습을 위해 영국·미국·프랑스·이탈리아 등이 나서서 정전 협상을 추진합니다. 이들 나라와 중국, 일본은 몇 차례 협상 끝에 결국 4월 29일 최종 조인을 하기로 결정합니다. 그런데 이날은 바로 운명의 윤 의사 거사일입니다.

4월 29일 그날은 일본 왕의 생일인 천장절 행사와 일본의 상하이 사변 전승 축하식이 한꺼번에 홍커우 공원에서 열리는 날이었습니다. 중국으로선 치욕스러운 국가적 수치였을 그 행사에서 윤 의사가 일본의 상하이 점령군 지휘부를 일격으로 폭살 시킨 것입니다.

만주와 상하이에서 연달아 일본에 패퇴한 중국으로선 윤 의사의 의거는 그야말로 통쾌하기 그지없는, 그리고 감사하기가 이를 데 없는 일이었습니다. 중국 정부를 이끌던 장개석이 '중국의 백만 대군도 못한 일을 조선의 한 청년이 해냈다'고 극찬한 것은 바로 이런 이유 때문입니다.

윤 의사의 의거 이후 중국은 임시정부를 홀대하던 태도를

180도 바꿔 협조와 지원을 아끼지 않습니다. 적극적인 자금과 활동 지원을 비롯해 결국 조선과 중국 양국 간의 본격적인 항일 공동전선이 구축된 것이 바로 윤 의사의 거사로부터 비롯됐습니다. 카이로 회담 등에서 중국이 미국 등을 설득해 조선의 독립 추진 조항을 합의문 안에 포함시키게 만든 것도 결국 윤 의사의 업적입니다.

임시정부를 비롯한 항일독립운동 세력에 중국이라는 우군을 만들어준 윤 의사는 그러나 체포된 뒤 일제로부터 차마 인간으로서 감당 못 할 혹독한 고문과 모멸을 당했습니다.

윤 의사는 가혹한 고문 끝에 의거 한 달 뒤인 5월 25일 상하이 파견 일본 군법회의에서 사형을 선고받습니다. 이때도 그는 상하이로 오게 된 이유를 묻는 검사의 물음에 "이 철권으로 일본을 즉각 타도하려고 상해에 왔다"며 독립지사로서의 굳센 기백을 떨칩니다.

이후 윤 의사는 일본 오사카로 압송되어 결국 그해 마지막 12월 19일 가나자와의 육군형무소 공병 작업장에서 형틀에 묶인 채 일본 헌병의 흉탄을 받고 순국합니다. 그의 나이 24세였습니다.

그는 거사 3일 전인 4월 26일, 백범 김구 선생이 이끌던 한인애국단에 가입합니다. 가입 맹세는 이러했습니다.

"나는 적성(참된 정성)으로써 조국의 독립과 자유를 회복하기 위하여 한인애국단의 일원이 되어 중국을 침략하는 적의 장교를 도륙하기로 맹세하나이다"

김구 선생은 거사 당일 윤 의사와 마지막으로 헤어지던 장면
을 백범일지에 이렇게 기록했습니다.

> "윤 군은 자기 시계를 꺼내어 주며 '이 시계는 어제
> 선서식 후에 6원을 주고 산 시계인데, 선생님 시계는
> 2원짜리니 저하고 바꿉시다. 제 시계는 앞으로 한
> 시간밖에는 쓸 일이 없습니다'라고 하기에 나도
> 기념으로 윤 군의 시계를 받고 내 시계를 윤 군에게
> 주었다.

식장을 향하여 떠나는 길에, 윤 군은 자동차에 앉아서 그가
가졌던 돈을 꺼내어 내게 줬다.

> '돈은 좀 가져가는 게 어떻겠소?' 하고 묻는 내 말에
> 윤 군은 '자동차 값 주고도 5, 6원은 남아요' 할 때
> 자동차가 움직였다. 나는 목메인 소리로 '후일 지하에서
> 만납시다' 하였더니, 윤 군은 창밖으로 고개를 내밀고
> 나를 향해 머리를 숙였다.

이렇게 헤어진 두 사람이 다시 만난 것은 해방 뒤 1946년 6월 30일입니다. 윤 의사의 유해는 가나자와 형무소의 쓰레기 소각장에서 발굴돼 고국으로 옮겨온 뒤 이날 김구 선생이 참석한 추도식을 거쳐 효창공원 묘역에 안장됐습니다. 차장 밖으로 목이 메인 마지막 인사를 나눴던 그들은 14년 뒤 이렇게 다시 만났습니다.

윤 의사의 의거로 명실상부한 독립운동의 중심기지가 된 상하이 임시정부는 원래 1919년 3.1혁명 이후 각지의 민족지도자들이 해외에 세운 망명 정부로 출발했습니다. 대한민국의 현행 헌법은 그 전문에 "유구한 역사와 전통에 빛나는 우리 대한 국민은 3.1운동으로 건립된 대한민국 임시정부의 법통과 불의에 항거한 4.19민주 이념을 계승한다"고 분명하게 명시해 놓고 있습니다.

그러나 최근 일각에선 1948년 정부 수립일이 '건국절'이라면서 대한민국의 건국을 이때로 봐야 한다는 주장이 제기되

윤봉길 생가를 찾은 김구 선생(왼쪽 끝)
오른쪽 끝이 윤의사의 부인 배용순 여사
그 옆이 장남 윤종(1929~1984)

1949. 4. 29. 青松... ... 隆墓式後

고 있습니다. 이른바 건국절 논란은 결국 '대한민국'이 언제 어떻게 시작되었는가라는 문제라고 할 수 있겠습니다.

앞서 밝힌 대로 대한민국 헌법에는 3.1혁명으로 건립된 임시정부의 법통을 따른다고 되어 있습니다. 3.1혁명을 기원으로 임시정부가 성립한 그 순간을 대한민국의 시작이라고 보는 것입니다. 그러나 건국절을 주장하는 쪽에서는 이른바 객관적 진실이라며 식민지 과정에서 근대화된 것은 부인할 수 없는 사실이며 그를 기반으로 해방 이후 공식적인 정부가 수립된 1948년이 대한민국의 시작이라고 설명하고 있습니다.

글쎄요. 그들이 국부로 추앙하는 이승만 대통령조차 1948년 남한 단독정부 수립 첫해의 모든 공문에 '건국 30년'이라고 썼다는 것을 이들은 알고 있을까요? 제헌국회 개원식에서 의장 이승만은 "오늘 여기에서 열리는 국회는 기미년에 서울에서 수립된 민국 임시정부의 계승이다"라고 선언한 사실을 알고 있을까요.

다른 무엇보다 윤봉길 의사와 김구 선생은 대한민국이 1948년에 건국됐다는 주장을 어떻게 생각할까요. 해방 전 그들의 투쟁을 마치 없던 일 취급을 하는 후세의 '객관적 사실주의자'들을 이분들은 어떻게 생각하실까요.

1919년 임시정부 헌법 제1조에 이미 '민주공화국'을 선포했던, 이미 그 시기부터 투철한 민주주의 의식이 있던 선열들을 따라가지 못하는 후대들 때문에 윤봉길과 그의 동지들은 해방됐다는 조국에서도 여전히 외로운 건 아닐까요.

애국선열들의 치열했던 독립투쟁 과정에 민주주의 대한민국이 탄생했고 지금까지 계속 발전해오고 있다는 이 간단명료하고 신성불가침의 정체성이 이제 와서 의심을 받기 시작했다는 사실을 도대체 어떻게 이분들께 알려드려야 할지 그저 아득할 뿐입니다.

윤 의사가 거사 며칠 전 고향의 어린 아들들에게 보낸 유언을 덧붙입니다.

강보에 싸인 두 병정에게 – 두 아들 모순(模淳)과 담(淡)에게 –

너희도 만일 피가 있고 뼈가 있다면
반드시 조선을 위해 용감한 투사가 되어라.
태극의 깃발을 높이 드날리고
나의 빈 무덤 앞에 찾아와 한잔 술을 부어 놓으라.
그리고 너희들은 아비 없음을 슬퍼하지 말아라
사랑하는 어머니가 있으니 어머니의 교양으로 성공자를
동서양 역사상 보건대 동양으로 문학가 맹자가 있고
서양으로 불란서 혁명가 나폴레옹이 있고
미국의 발명가 에디슨이 있다.
바라건대 너희 어머니는 그의 어머니가 되고
너희들은 그 사람이 되어라.

2

황포탄
의거(黃浦灘義擧)
주역들의
엇갈린 운명

식민지 민중이
빼앗긴 나라와 자유를
되찾기 위해 벌이는
모든 수단은
정의(正義)롭다.
-

신채호

황포탄 의거의 설계자 김원봉

영화 〈암살〉을 통해 김원봉이라는 이름을 접하신 분들이 많을 겁니다. 또 처음 들어보는 분들도 계실 겁니다. 약산 김원봉은 경남 밀양 출신으로(밀양에 가면 그의 호를 따서 약산로라고 이름 붙여진 길도 있습니다) 일제강점기 무장독립투쟁 단체인 의열단을 이끌었던 사람입니다. 의열단은 조선총독부 고관, 일본군 수뇌부, 주요 식민지배 기관 등에 가장 치열하게 총과 폭탄으로 맞선, 가장 일제가 두려워했던 무장투쟁 조직이라고 알려져 있습니다.

김원봉은 8.15 광복 후 대한민국 임시정부가 서울로 귀국하던 때 임정 군무부장의 자격으로, 지금으로 치면 국방부 장관의 신분으로 고국에 돌아옵니다.

강력한 무장투쟁을 이끌었던 그는 열렬한 국민의 환영 속에 그리던 고국 땅에 발을 디뎠습니다.

독립운동사에서 김구에 비견될 정도의 무게감을 가졌던 그였지만 지금은 이름 석 자도 간신히 남을 정도로 역사에서 지워져 있습니다. 그 이유는 그가 자진 월북자였기 때문입니다. 그는 1948년 김구의 평양방문 때 일원으로 참가했다가 귀환하지 않고 북한에 남습니다.

그의 북한에 남게 된 이유에 대해서 남한 내의 핍박 때문이라는 주장이 같은 의열단 동지였던 유석현 선생에 의해 제기된 바가 있습니다.

김원봉은 47년 2월 남로당의 파업 사건에 연루되었다는 혐의로 친일경찰로 악명 높았던 노덕술에게 체포돼 조사과정에서 뺨을 맞는 등 갖은 수모를 당했다고 합니다.
유석현 선생의 증언에 따르면 그 수모를 당하고 풀려난 뒤 김원봉이 자신의 집에 찾아와 내리 사흘을 통음을 하며 울분을 토로했다고 합니다. '왜놈 등쌀에 언제 죽을지 모르겠다. 중국에서 왜놈과 싸울 때도 이런 설움을 받은 적이 없는데 해방된 조국에서 내가 이게 무슨 꼴이냐"고 한탄했다는 겁니다.

이후로도 계속되는 친일파와 우익 정치깡패들의 테러 위협에 시달리던 그는 통일정부 수립을 위해 노력해온 여운형이 47년 7월 결국 암살당하자 이에 큰 충격을 받습니다. 그때 김원봉은 김구와 함께 평양에 간 뒤 거기서 돌아오지 않을 결심을 한 것일지도 모르겠습니다.

북에 남은 김원봉은 북한 정권 수립 이후 노동상, 조선노동

당 중앙위원, 최고인민회의 상임위원회 부위원장 등 고위직을 역임합니다. 그러나 1958년 11월 결국 김일성에 의해 '중국 장개석의 이중 스파이'라는 혐의로 숙청돼 정치범수용소로 끌려간 뒤 거기서 자살로 생을 마감합니다. 일제에 맞서 천하에 의기를 떨치던 독립 영웅은 그렇게 허무하게 세상을 떠나고 말았습니다.

그의 월북 뒤 그의 일가족은 거의 멸문지화를 당합니다. 자진월북한 북한 고위직 인사의 가족이 6.25 전쟁 중에 남한에서 어떤 취급을 받았겠습니까.

타협을 모르는 맹렬한 투쟁으로 일제를 공포에 떨게 만들었던 김원봉이었지만 정작 해방 뒤 그를 받아준 곳은 아무 데도 없었습니다. 남쪽에선 월북한 빨갱이 취급을 받고 북에선 정치투쟁 희생양으로 결국 스스로 생을 마감해야 했습니다. 해방된 조국의 역사에서 오히려 그 이름이 지워져야 했던 비운의 혁명가가 김원봉입니다.

황포탄 의거의 영웅들

김원봉의 조선의열단은 1919년 11월 9일 만주 길림성에서 결성됩니다. 의열단의 이름은 '정의로운 일을 맹렬히 수행한다'는 의미로 적극적인 무장투쟁 노선을 뜻합니다.

김원봉은 이렇게 의열단의 임무와 목표를 밝힙니다.

"항일투쟁을 정규군이나 외교 교섭에만 의존한다는
것은 어리석은 일이며 오직 결사의 지사와 폭탄의
위력에 의존할 수밖에 방도가 없으므로 동경과 서울에서
총독을 무찌르고 암살을 매년 몇 차례 한다면 일본인
스스로가 조선통치에 대한 생각을 달리할 것이다."

김원봉의 지도 아래 의열단은 최초로 1920년 3월 주요 일제
통치기관 폭파와 고관 암살을 위해 폭탄을 국내에 반입하는
한편 그해 내내 일본 본토에서의 폭탄투척 시도, 부산경찰서
와 밀양경찰서 폭파사건 등을 적극적인 투쟁에 나섭니다.

이러한 일련의 투쟁들이 그러나 처음에 의도하던 성과를 거
두지 못하자 의열단 지도부는 보다 큰 규모의 투쟁으로 파장
이 크게 미칠 만한 목표와 방법들을 연구하기 시작합니다.

그러던 와중에 1922년 3월 일본 육군대장 다나카 기이치가
필리핀을 방문하고 조선으로 가는 길에 중국을 거쳐 간다는
정보를 입수합니다. 다나카는 1927년부터 29년까지 일본의
총리 자리에 오르기도 한 당시 일본 정계와 군부의 막강한
실력자였습니다.

의열단은 이 다나카 처단에 조직의 모든 역량을 집중하기로
결정합니다. 그리고 이 거사를 위해 발탁된 3명의 의사들이
바로 오성륜 김익상 이종암 3인입니다.

의열단은 우선 상하이에서는 김익상이 저격을 맡고 혹시 실

패하면 오성륜이 난징에서, 이것도 실패하면 이종암이 텐진에서 다나카를 처리하기로 계획을 수립합니다.

그런데 3월 28일 다나카가 상하이 황포탄 부두로 도착한다는 정보가 입수됩니다. 의열단은 계획을 바꿔 상하이에서 거사를 결행하기로 하고 다나카가 배에서 내릴 때, 자동차로 이동할 때, 자동차를 타고 출발할 때를 공격 시점으로 정한 뒤 각각 오성륜, 김익상, 이종암에게 역할을 분담시킵니다.

거사일인 28일. 일본 정계와 군부의 거물이 도착할 상하이 황포탄 부두는 일찌감치 환영 나온 각국 외교관들과 취재진, 일반 환영객 등이 겹쳐 인산인해를 이루고 있었습니다.

오후 2시 40분경 다나카를 태운 배는 부두에 닿았고 곧이어 영국 의장대의 군악 연주가 끝나자 부두에 내리는 트랩에 다나카가 모습을 드러냅니다.

천천히 걸음을 옮겨 트랩에서 다 내려선 다나카에게 마침내 오성륜의 총탄이 7발 연이어 발사됩니다. 그러나 그 총탄은 불행히도 다나카 옆에 있던 미국인 여성 스나이더에게 맞고 이어 다나카의 곁에 있던 일본군 무관 한 명이 '각하 위험합니다'라고 외칩니다.

오성륜의 1차 공격이 실패로 끝난 것을 확인되자 2선에 있던 김익상이 곧바로 나섭니다. 김익상은 '잘못 쏘았다'고 외치면서 다나카의 머리를 향해 정확하게 권총을 쐈으나 다나카의 천운으로 그 총알은 모자를 명중하는데 그칩니다.

이제 수행원들의 도움을 받아 급히 몸을 피하는 다나카를 총
으로 명중시키기 어렵다고 판단한 김익상은 총을 왼손으로
바꿔 쥐고 품에 갖고 있던 폭탄을 꺼냅니다. 눈앞에서 필사
적으로 도망치는 다나카를 보고 시간이 없다고 생각한 김익
상은 권총의 총신으로 폭탄의 안전핀을 내리치고 달아나는
다나카를 향해 던졌습니다. 그러나 너무 급히 서둘렀던 나머
지 안전핀이 제거되지 않아 폭탄은 불발되고 맙니다.

마지막 3선에 있던 이종암이 다시 나섭니다, 대기 중이던 자
동차에 다나카가 급히 올라탄 직후였습니다. 황급히 출발하
던 다나카를 향해 이종암은 힘껏 폭탄을 던졌으나 자동차가
한발 빨랐습니다. 자동차는 굉음을 울리며 대로로 사라졌고
명중되지 못한 폭탄은 바닥으로 굴렀습니다. 근처의 영국 병
사가 폭탄을 바다로 차 넣었고 3인의 거사는 이렇게 결국 실
패로 끝나고 말았습니다.

비록 실패로 끝났지만 일본 최상층부 권력자가 조선인 청년
들의 총격으로 목숨을 잃을 뻔했던 의열단의 황포탄 거사는
엄청난 파장을 불러왔습니다.

우선 1919년 3.1운동 이후 일제의 문화통치라는 게 얼마나
허울뿐인 거짓 선전인지를 세계에 알리게 됐습니다.

3.1운동이라는 전국적 저항운동에 직면한 일제는 이전까지
의 폭압 통치 정책을 일부 수정해 문화통치라는 새로운 개
량주의 정책을 내놓습니다. 그러나 문화통치를 요약해 말하
자면 친일인사들을 육성해 이들을 민족 분열의 지렛대와 통
치의 보조자로 삼으려는 정책이라 할 수 있겠습니다. 겉포장

이 부드러울 뿐 실상은 더욱 교묘하고 지독해진 식민지 지배 기술이라 하겠습니다.

황포탄의 의거로 일제가 표방하던 문화통치가 조선 민중들에게 아무런 지지를 얻지 못하고 있는 빈껍데기이며 오히려 더욱 적극적인 저항운동이 앞으로 계속될 것임을 세계가 알게 된 것입니다.

일제는 이 의거로 인한 영향을 최소화하는데 주력합니다. 특히 민간인 희생자가 생겼다는 것을 부각하면서 거사의 의미를 축소하고 의열단과 무장투쟁 조직을 테러단체로 만들고자 애씁니다.

일제의 이 시도는 일정하게 먹혀듭니다. 당시 주중 미국 공사는 '조선인 독립당이 목적을 달성하기 위해 공산주의자의 행함과 같은 잔혹한 수단으로 나오는 데 대해 미국은 물론 세계 어느 나라든지 찬성치 아니하는 바이다'라고 비난합니다. 여기에 중국 정부도 가세하고 나서고 특히 임시정부마저 "상해 부두의 폭탄 사건은 임시정부와는 하등의 관계가 없으므로 저들의 행동에 절대로 책임지지 않는다"는 성명을 냅니다.

임정마저 이렇게 나오자 의열단은 격분합니다. 의열단원 수명이 벌써 일제에 체포돼 사형당했고 상해 황포탄 사건의 주역인 오성륜과 김익상도 거사 후 체포돼 혹독한 고초를 당하고 있는데 거사를 변호하고 정당성을 설득해야 할 임정이 거꾸로 '자신들과 관계없다'고 선을 긋고 그저 테러리스트 취급을 하는 데 대해 거세게 분노한 것입니다.

조선과 일본은 지금 전쟁 중이다

의열단은 식민지 조선의 독립과 해방이라는 목표를 갖고 일제와 무장투쟁을 벌이는 독립운동단체이자 준군사조직임을 선포해야 하겠다고 결심합니다. 이에 의열단의 지도부였던 김원봉은 북경에서 활동하던 신채호를 초청해 자신들의 이념과 목표를 설명하고 이를 만방에 선포할 선언문 작성을 의뢰합니다. 이렇게 세상에 태어난 것이 저 유명한 '조선혁명선언'입니다.

선언에 담긴 내용은 우선 "식민지 민중이 빼앗긴 나라와 자유를 되찾기 위해 벌이는 모든 수단은 정의롭다"고 분명히 대외에 선포합니다.

다음으로 3.1운동 이후 제기된 자치론, 내정독립론, 참정권론 등 일제의 문화통치에 호응하려는 시도를 일제에 타협하려는 적으로 규정하고 임시정부의 외교교섭론, 독립전쟁 준비론 등의 노선도 비판합니다.

무장조직들의 투쟁에 대해 일본이 꺼내 드는 논리는 '테러'라는 것입니다. 그러나 지금 일부 종교근본주의자들이 벌이는 테러와 항일 독립운동 조직의 무장투쟁은 무차별적인 것이냐 아니냐 하는 점에서 결정적인 차이가 있습니다.

의열단은 이미 그 조직의 출발에서부터 격멸해야 할 대상을 분명히 하고 있습니다. 의열단은 '5파괴'와 '7가살'을 조직의 행동목표로 규정해 놓았습니다. 부수어야 할 식민지배 기구를 뜻하는 5파괴는 조선총독부·동양척식주식회사·매일신보사·각 경찰서·기타 왜적의 중요기관입니다.

단해야할 대상인 7가살은 "조선총독 이하 고관·군부수뇌·타이완총독·매국노·친일파거두·적탐(밀정)·반민족적 토호열신 등입니다.

황포탄 의거의 2선에 있던 김익상은 거사 후 탈출 도중에 중국 경찰과 맞서게 되는데 그는 총을 그 중국인 경찰이 아닌 허공에 대고 쏩니다. 무고한 사람을 죽이지는 않겠다는 뜻입니다.

일찍이 1909년 만주 하얼빈에서 이토 히로부미를 척살해 전세계 제국주의자들에게 조선 독립의 기개를 널리 알린 안중근 선생은 자신이 조선독립군 의병참모중장이며 조선의 군인 신분으로 이토를 처단했다고 재판과정 내내 명백히 밝혔습니다. 조선과 일본은 전쟁 중이며 따라서 자신의 행동은 전시 군인의 행위였다는 의미입니다. 당시 안중근 선생을 테러범, 살해범으로 몰아가는 일본에 대한 선생의 준엄한 경고였습니다.

의열단의 투쟁도 이같은 안중근 선생의 투쟁과 같은 선상에 있습니다. 지구상에 있었던 그 어떤 테러보다도 가혹하고 잔인한 테러를 식민지 백성들에게 자행했던 제국주의 국가들의 범죄 행위를 상기해볼 때 독립투사들의 의거에 대한 비하는 생각해볼 의미가 별로 없는 일입니다.

황포탄에서 거사한 영웅들의 뒷이야기

거사 후 3명 가운데 유일하게 탈출에 성공한 이종암은 1년 뒤 임시정부의 신임장을 휴대하고 군자금을 모금하러 국내에 잠입했다가 병이나 다시 상하이로 귀환을 못 하고 치료 중에 일본 경찰에 체포됩니다. 1926년 13년형을 선고받고 복역 중에 다시 병이 재발해 1930년 가출옥 상태에서 사망합니다. 1962년 건국훈장 독립장이 추서됐습니다.

거사 직후 체포된 김익상은 일본 나가사키로 압송돼 사형을 선고받습니다. 복역 중 무기징역으로 감형됐고, 1942년 장장 21년간의 옥고를 치른 뒤 석방돼 고향인 서울 마포 공덕동으로 귀향합니다. 그러나 돌아온 지 얼마 되지 않아 자신을 감시하던 용산경찰서 조선인 형사를 폭행한 뒤 다시 몰려온 일본인 형사들에게 강제로 연행됩니다. 선생의 그 이후 행적은 알려진 바가 전혀 없고 행방불명됩니다. 1962년 건국훈장 대통령장이 추서됐습니다.

김익상과 같이 체포된 오성륜은 일본 영사관 감옥에 수감됐으나 다른 일본인 죄수 1명과 함께 기적적으로 감옥 벽을 부수고 탈출합니다. 1927년 9월 중국공산당에 입당했으며 1936년에는 항일민족통일전선체인 조국광복회 창설에 앞장섭니다. 1938년에는 만주의 연합 항일무장부대였던 동북항일연군 제1로군 군수처장에 임명되었으나 1941년 일본군에 체포됩니다. 검거 후 일제에 충성을 맹세하고 석방된 뒤 이후 일본 경찰에 협력하다가 45년 일제 패망 이후 중국 팔로군에 체포되어 처형됩니다.

이종암 선생은 물론이고 고향에서 일본 경찰에 다시 끌려간 뒤 행방불명된(일경에 의해 살해됐다고 보는 게 다수설입니다) 김익상 선생, 특히 만주에서 빛나는 활약을 보였지만 일본 패망 4년을 남기고 변절해 이제 아무도 그를 이야기하지 않는 오성륜 선생. 식민지 조국의 해방과 독립국가 건설을 위해 투쟁하다 운명이 엇갈린 젊은 그들의 이야기에 그저 애통하고 아득하다고 할 밖에 달리 표현할 말을 찾지 못하겠습니다. 다만 영웅들을 기억하고 영웅들의 이야기에서 가야 할 길을 찾는 게 후손들의 할 일이라는 것만 또렷할 뿐입니다.

이제 이들의 삶과 투쟁은 역사 속으로 사라졌지만 황토탄의 강물은 무정하게도 여전히 도도합니다. 수필가 피천득이 영웅들의 거사 장소였던 황포탄의 정경을 읊은 글이 있어 덧붙여 소개합니다.

황포탄(黃浦灘)의 추석(秋夕)

-

월병(月餠)과 노주(老酒), 호금(胡琴)을 배에 싣고
황포강(黃浦江) 달놀이를 떠난 그룹도 있고, 파크 호텔이나
일품향(一品香)에서 중추절(仲秋節) 파티를 연 학생들도
있었다. 도무장(跳舞場)으로 몰려간 패도 있었다. 텅
빈 식당에서 저녁을 먹고 방에 돌아와 책을 읽으려
하였으나, 마음이 가라앉지 않았다. 어디를 가겠다는
계획도 없이 버스를 탄 것은 밤 아홉 시가 지나서였다.
가든 브리지 앞에서 내려서는 영화 구경이라도 갈까
하다가 황포탄 공원(黃浦灘公園)으로 발을 옮겼다.
빈 벤치가 별로 없었으나 공원은 고요하였다.
명절이라서 그런지 중국 사람들은 눈에 뜨이지 않았다.

이 밤뿐 아니라 이 공원에 많이 오는 사람들은 유태인,
백계(白系) 노서아 사람, 서반아 사람, 인도인들이다.
실직자, 망명객 같은 대개가 불우한 사람들이다. 갑갑한
정자간(亭子間)에서 나온 사람들이다.
누런 황포 강물도 달빛을 받아 서울 한강(漢江)
같다. 선창(船窓)마다 찬란하게 불을 켜고 입항하는
화륜선(火輪船)들이 있다. 문명을 싣고 오는 귀한 사절과도
같다. '브라스 밴드'를 연주하며 출항하는 호화선도 있다.
저 배가 고국에서 오는 배가 아닌가, 저 배는 그리로
가는 배가 아닌가 하는 사람도 있을 것이다. 같은 달을
쳐다보면서 그들은 바이칼 호반으로, 갠지즈 강변으로,
마드리드 거리에 제각기 흩어져서 기억을 밟고 있을지도
모른다. 친구와 작별하던 가을 짙은 카페, 달밤을 달리던
마차, 목숨을 걸고 몰래 넘던 국경. 그리고 나 같은
사람이 또 하나 있었다면 영창에 비친 소나무 그림자를
회상하였을 것이다. 과거는 언제나 행복이요, 고향은
어디나 낙원이다. 해관(海關) 시계가 자정을 알려도
벤치에서 일어나려는 사람은 없었다.

들불 같던
그 영웅들은
다 어디로
갔나?

3

곽재우가 김수를 죽이려는 것은
힘을 믿고 그런 것이 아닌가.
곽재우는 도적이 아니고 무엇인가.
반드시 후환이 있을 것이다.
-

선조

지금부터 10년 전인 2005년 6월, 15차 남북 장관급 회담을 마친 뒤 나온 공동보도문에는 의미 깊은 합의 문안이 한 줄 실려 있었습니다.

"남과 북은 일본으로부터 북관대첩비를 반환받기로 하고 이를 위한 실무적 조치를 취하기로 하였다."

북관대첩비를 남북의 공동노력으로 되찾아 오기 위한 정부 당국 간의 공식 선언이었습니다.

대첩비는 높이 187cm, 너비 66cm 두께 13cm로 1,500자가 새겨져 있으며 1707년(숙종 34)에 당시 북평사 최창대가 함경 북도 길주군 임명면(현 김책시 임명동)에 세운 비석입니다.

의병장 정문부 장군이 함경도로 진격한 왜군 가토 기요마사 군대에 맞서 전승을 기록한 사실과 임해군과 순화군 등 조선

정문부 의병이 활약을 그린 창의토왜도

의 왕자들을 왜군에 넘겨준 순왜(일본에 항복했던 조선인)들을 소탕한 내용이 적혀있습니다.

북관의 의병들은 1592년 9월부터 약 반년 동안 왜적에 협력한 역적을 소탕했고 경성, 임명, 단천 등지에서 모두 8차례에 걸쳐 벌어진 가토군과의 교전을 모두 승리합니다. 이 승리로 왜군은 함경도 일대에서 완전히 철수합니다.

자랑스러운 승리의 역사를 담고 있는 이 비는 그러나 조선이 패망의 길을 걷던 시기에 역시 나라 잃은 문화재의 고단한 운명을 맞게 됩니다.

1905년 러일 전쟁 당시 함경도에 주둔하던 일본군 2사단 17여단장 이케다 마시스케 소장은 이 비를 파내서 일본으로 빼앗아 갑니다. 이케다는 비에 적힌 비문을 읽고 왜군의 치욕스러운 패전 기록임을 확인한 뒤 일본으로 비를 빼돌렸습니다.

이케다가 강탈한 대첩비는 히로시마를 거쳐 도쿄로 옮겨졌다가 결국 다른 곳도 아닌 일본 군국주의의 상징인 야스쿠니

신사 한쪽에 방치되게 됩니다.

이후 조선의 전승비가 야스쿠니에 있다는 걸 처음 확인한 사람은 독립운동가 조소앙 선생입니다. 조 선생은 일본 유학시절 야스쿠니를 방문했다가 대첩비의 존재를 확인하고 1909년 이 사실을 당시 일본 유학생들의 잡지였던 '대한흥학보'에 기고합니다.

그러나 그 뒤에도 비석의 존재는 전혀 사람들의 관심을 끌지 못했고 일제강점기와 남북 분단을 거치면서 비는 역사 속에 파묻힙니다.

대첩비가 다시 세상에 알려진 것은 70년이 지난 1978년입니다. 일본의 재일사학자 최서면 박사는 대한흥학보의 내용을 검토하다가 조소앙 선생의 기고문을 읽었고 그 기록에 따라 야스쿠니에서 대첩비의 존재를 확인한 것입니다.

이때부터 대첩비의 반환 운동이 시작됩니다. 정문부 장군의 후손들인 해주 정씨 종친회와 불교단체 등 민간이 나서고 정부도 한일친선협회 한일의원연맹 등을 통해 일본에 적극적인 반환 노력을 기울입니다.

그러나 일본은 '원래 소재지가 북한지역이니 남북한이 합의해서 공동으로 반환을 요청하면 그때 검토해보겠다'는 논리를 댑니다. 남북한이 서로 대치하고 있는 상황을 악용한 겁니다. 합의 못하면 돌려줄 수 없다는 의미입니다.

정부와 민간에서는 그 뒤로 일본에 반환을 줄기차게 요청했지만 일본은 꿈쩍도 하지 않고 결국 시간은 계속 흘러갑니다. 그러나 '문화재제자리찾기' 등 민간단체의 노력은 계속 이어졌고 그러다 앞서 말씀드린 2005년의 남북 간 합의로 결국 이 땅을 떠난 지 백 년 만에 대첩비는 다시 고향에 돌아올 수 있었던 겁니다.

빼앗겼던 귀중한 우리 문화재가 남북의 공동 노력으로, 일본으로부터, 다시 찾아 오게 되자 국민의 관심은 대단했습니다. 대첩비가 공항에 내리던 도착순간과 임시보관처인 국립중앙박물관으로 이동하는 전 장면이 TV로 생중계됐고 정부도 당시 노무현 대통령까지 참석한 성대한 귀환 환영행사를 열기도 했습니다.

북한 함경도 길주에 모셔진 대첩비.
받침돌도 원래의 받침을 그대로 사용.

대첩비는 일반 공개를 거쳐 다음 해인 2006년 북한에 인도됐고 현재는 원래 자리하고 있던 함경북도 길주군 임명면(현 김책시 임명동)에 모셔져 있습니다. (경복궁에 대첩비의 복제비가 있습니다)

대첩비의 주인공인 정문부 장군도 기구한 사연을 가진 분입니다. 그는 함경도 일대에서 왜적을 몰아내는 혁혁한 전공을 세웠음에도 공신으로 인정받지 못합니다. 북변순찰사 윤탁연이 정문부의 전공을 시기해 내용과 공적을 크게 줄여 중앙정부에 보고한 탓입니다.

정문부는 전란 극복의 논공행상에도 참여하지 못했고 선무공신이 되지도 못했으며 휘하의 의병들도 제대로 된 평가를 받지 못했습니다.

왜란이 끝난 뒤 그는 예조판서, 형조참판, 창원부사 등을 맡았으나 광해군이 즉위하면서 광해군의 지지세력인 대북파와 정치적 입장을 달리해 관직에 나가지 않았습니다.

그러다 1623년 인조반정으로 다시 전주부윤으로 부임하게 되는데 다음 해인 1624년(인조 2년)의 이괄의 난에 연루되었다는 혐의로 투옥돼 고문 중에 사망하게 됩니다.

난리 중에 그는 와병 중이었는데 이로 인해 즉시 왕명을 수행하지 못했다는 점과 창원부사 재직 시 초회왕에 대해 읊은 시가 인조에 대한 반심을 드러낸 것이라는 죄목이었습니다. 악명 높던 가토 부대를 연거푸 패퇴시키며 북관을 호령했던 그 항일 의병장은 그렇게 반역의 죄를 뒤집어쓰고 옥중에서 세상을 떠납니다. 이때 그의 나이 60세였습니다.

억울하게 화를 당한 지 41년이 지난 1665년(현종 6년)에 정문부 장군은 누명을 벗고 비로소 신원 됩니다. 1713년(숙종 40년)에는 충의공이라는 시호도 받습니다. 장군이 떠나고 거의 백 년이 지나서야 비로소 그의 공적이 인정받기 시작한 셈입니다. 북관대첩비도 바로 이 숙종 연간에 세워진 비입니다.

정문부 외에도 임란에서 나라를 구한 의병장들은 대체로 당시에 제대로 된 인정이나 포상을 받지 못합니다. 선조는 왜란에서 나라를 지켜낸 것은 오직 명나라 군대 때문이라는 인식을 갖고 있었습니다.

인목대비가 후일 인조반정 당시 내린 광해군의 폐위 교서를 보면 '선조는 명의 은혜에 감사하여 죽을 때까지 황제가 있는 서쪽을 등지고 앉지 않았다'고 쓰여 있습니다. 선조는 그렇게 재조지은의 은혜를 지켰는데 광해군은 그러지 못했다는 뜻입니다.

무능한 왕, 전쟁을 오판한 왕, 전쟁이 나자 도망친 왕, 권력을 유지할 최소한의 도덕성과 대의명분을 전혀 갖지 못한 임금 선조는 전투력이 있는 전국 각지의 의병장들을 끊임없이 의심합니다. 그의 손에 귀양을 간 의병장, 그가 죽인 의병장의 사례는 그리 어렵지 않게 찾을 수 있습니다.

1596년 충남 홍성 일대에서 관군 하위장교 출신 이몽학이 한현 등과 함께 난을 일으킵니다. 이몽학은 의병 모집을 가장해 반란군을 규합했습니다. 이몽학의 반란군은 임천군·정산현·청양현·대흥현을 함락시키고 홍주성을 침입하는 등 한때 충남 일부를 뒤흔들었습니다.

반란 진압을 위해 도원수 권율을 비롯한 관군과 의병장들이 투입됩니다. 수차례 교전 결과 결국 이몽학 반란군은 자멸하지만 그 뒤처리 과정에서 오히려 진압군으로 나섰던 곽재우, 김덕령 등이 역적혐의가 있다며 체포됩니다.

김덕령은 선조가 친국한 고문 과정에서 결국 죽고 곽재우 등 다른 의병장들도 고초 끝에 겨우 풀려납니다.

이몽학 반군은 세 규합을 위해 당시 백성들에 신망 있던 의병장들과 류성룡 정부 고위관리들이 반란에 가담하기로 했다고 거짓 선전을 하는데 선조는 이를 빌미로 의병장들에 대한 탄압을 벌인 겁니다.

의병을 가장해 세를 모았던 이몽학의 난은 또한 선조로 하여금 '의병들은 언제 반란군으로 돌변할지 모른다'는 확신을 갖게 만든 것으로 보입니다.
임란 의병의 대명사인 홍의장군 곽재우도 비록 죽임을 당하진 않았지만 이몽학의 난에 고초를 겪은 것 외에도 선조와 여러 번 아슬아슬한 갈등에 휩싸입니다.

정문부 부대가 함경도에서 이름을 알렸다면 곽재우 장군은 임란 최대 격전지였던 경상도에서 활약했습니다. 왜적이 들이닥치자 전국에서 가장 먼저 의병의 깃발을 올린 것도 그였습니다.

곽재우와 선조는 임란 발발 이전에 한번 악연이 있습니다. 곽재우는 1585년(선조 18년)에 있었던 과거 별시에서 2등으로 합격합니다. 그런데 선조는 곽재우의 답지에 불손한 내용이 있다는 이유로 그해 별시를 전부 무효처리 해버립니다. 그때 곽재우가 선조의 됨됨이를 어떻게 생각했을지는 짐작하기 어렵지 않습니다. 그 뒤 그는 과거 응시 자체를 포기합니다.

1592년 4월 임진란이 발발하자 그는 가계를 모두 털어 의병을 일으키고 의령, 창녕, 진주 일대에서 계속되는 승리를 거둡니다. 그 와중이던 1592년 6월 경상도 관찰사인 김수가 전투에서 패배하자 그는 김수를 처형해야 한다고 주장합니다. 거병한 지 두 달 된 촌구석 이름 모를 의병장이 경상도 최고 행정책임자를 죽여야 한다고 나선 겁니다.

이에 김수도 곽재우에게 역심이 있다고 맞서고 논란이 거세지는 와중에 선조는 김수의 편을 들고 나섭니다.

"곽재우가 김수를 죽이려는 것은 힘을 믿고 그런 것이 아닌가." "곽재우는 도적이 아니고 무엇인가. 후환이 있을 것."

그 뒤 전쟁이 끝나고 결국 곽재우는 선조에 의해 유배에 처해집니다. 1599년(선조 32년)에 그는 영의정 이원직의 파직에 항의해 왕에게 허락도 받지 않고 관직을 버리고 낙향합니다. 무시당했다고 생각한 선조는 격노했고 결국 전라도 영암에 유배됩니다.

3년 뒤 해배된 그는 잠시 서울의 관직에 제수되기도 했으나 곧 사직한 뒤 낙향해 야인의 삶을 살았습니다. 광해군 연간에 잠시 관직을 맡기도 했으나 끝내 그만두고 고향으로 낙향해 은둔의 삶을 살다 결국 1617년 세상을 떠납니다.

왜란을 치르는 와중에 불리한 조건에서 싸울 수밖에 없었던 대부분의 의병장은 전장에서 전사합니다. 그분들은 전후 선무공신으로 추대되기도 하고 전공에 따라 예우와 포상을 받습니다.

그러나 전쟁에 끝내 이겨 살아남은 전쟁영웅들은 그렇지 못했습니다. 합당한 포상보다는 국왕의 오해와 의심이라는 오히려 전장보다 더 위험한 지경에 놓이기도 했습니다. 왕의 의심은 구국의 제일 영웅이라 할 이순신조차도 비켜가지 못했습니다.

임진란의 발발은 1592년, 병자호란의 발발은 1636년으로 44년의 시간차가 있습니다. 한세대가 바뀌는 시간입니다. 의병을 일으켰던 아버지 세대들이 어떤 결과를 맞았는지 똑똑히 지켜봤을 후세대들에게 새로운 국란을 맞아 다시 의병을 일으킬 동력이 있었을까요.

찬탈의 방식으로 왕에 오른 인조가, 어찌 보면 선조보다 더 왕위 승계의 정통성이 없는 인조가 과연 난리를 치른 뒤에 선조가 임란 의병들을 다루던 길을 가지 않을 거라고 장담할 수 있을까요.

전쟁을 겪은 뒤 국가의 보훈이 중요한 것은 이 때문입니다. 후대들에게 바로 눈앞의 교훈이 되기 때문입니다. 그러나 선조의 조선은 국난을 극복한 전쟁영웅들을 예비 반역자로 취급했습니다. 이것이 임진란에 전국에 걸쳐 거세게 일었던 의병이 병자년 호란에선 사그라지고 말았던 이유입니다.

임진년 왜란이 조선에 미친 영향은 조선을 그 이전과 이후로 나눌 만큼 지대한 것이었습니다. 백성들이 난리 통에 국왕이 홀로 도망치는 것을 목격하는 순간 이미 조선은 붕괴된 것이 맞다고 봐야 할 것입니다.

전쟁을 통해 조선을 이끌던 양반사대부 중심의 지배체제는 심각한 균열이 왔고 신분제가 흔들리는 등 체제에 대한 민심의 이반도 급격하게 진행됩니다.

또 광해군의 강제폐위는 지배계층의 내부 분당이 이제 왕을 갈아치울 정도로 격렬해졌다는 것을 의미합니다. 정치적 반대세력이라면 왕도 제거 대상이 된다는 게 현실로 드러난 것입니다.

역사에 가정은 없다지만 지배체제의 붕괴와 민심의 지지를 기반으로 이순신을 비롯한 전쟁영웅들이 살아남아 새로운 사상과 질서에 바탕을 둔 새 국가를 만들었으면 어떻게 됐을까 하는 생각도 듭니다.

명과 청의 교체과정 와중에 시대의 변화를 읽지 못하고 재조지은이라는 허울에만 갇혀 청과의 전쟁이라는 불필요한 참화를 또 한 번 겪고 그 뒤로도 새로운 질서와 체계를 만들 개혁세력 구축에 결국 실패해 결국 20세기 초 전 세계적인 격동기에 나라를 잃고만 사실을 되돌아보면 민심의 절대적인 지지를 얻던 임진년의 전쟁영웅들이 가야만 했던 길이 더욱 안타까울 뿐입니다.

국왕과도
맞서던
조선의 기자들

4

신이 만일
곧게 쓰지 않는다면
그 위엔
하늘이 있습니다.
-

태종 때 사관 민인생

사람이 문자를 사용하게 되면서 후대에 전해지는 기록들이 생겨납니다. 그런데 문자를 사용했던 어느 나라도 어느 민족도 갖고 있지 못한 기록이 우리나라에 있습니다.

인류가 탄생한 이후 지구 상엔 수많은 나라와 왕조들이 일어섰다가 사라졌지만 건국부터 패망까지 최고 권력자의 국정 운영 전 과정과 그의 일거수일투족, 그리고 재임 기간의 공과까지 평가한 역사서가 있습니다. 동서고금을 통틀어 딱 하나뿐인 이 위대한 기록은 바로 국보 151호 조선왕조실록입니다.

인류 역사에 전무후무한 가치를 지닌 이 조선왕조실록은 어떻게 탄생할 수 있었을까요.

조선왕조실록의 기록 정신은 '춘추필법'의 정신입니다. 춘추 필법이란 공자가 쓴 역사서 '춘추'의 기록 정신으로 '사실을 적고 선악을 논하고 대의명분을 밝혀 그것으로써 후세의 존왕(尊王)의 길을 가르쳐 천하의 질서를 유지한다'는 역사집필의 기본 철학입니다.

국가의 역사는 추상같이 엄정하고 객관적으로 기록되어야 하며 비록 왕이라 할지라도 이 같은 원칙을 훼손할 수 없다는 것, 이것이 실록에 녹아있는 우리 선조들의 기록 정신이 었습니다.

태종실록 제7권 1404년 2월 8일의 기록을 보면 이런 내용이 나옵니다.

> "태종이 사냥을 나가 사슴을 잡으려다 실수로 말에서 떨어졌다. 태종은 급히 일어나 (사관이 있는지 없는지) 주위를 둘러보며 이 일을 사관이 알지 못하게 하라고 말했다."

사관은 태종이 말에서 떨어진 일은 물론 사관이 알지 못하게 하라는 그의 말까지도 실록에 기록했습니다. 우리 선조들이 가졌던 투철한 기록 정신의 위대성은 바로 이런 것입니다.

그런데 사관은 어떻게 왕이 그런 말을 한 것을 알았을까요. 우선 사관이 사냥을 따라가려 하자 태종이 '놀러 가려는 것이니 올 필요 없다'고 하교했지만 사관은 변복을 하고 따라갔다가 왕의 무리에 섞여서 그의 말을 들었다는 얘기가 전해집니다. 또 하나는 사냥에 참석했던 사람들이 사냥에서 있었던 일을 말하는 것을 듣고 그것을 별도로 '취재'해서 기록으로 남겼을 것이란 추측도 있습니다.

태종은 사관이 이런 기록을 남겼다는 것을 알았을까요? 아닙니다. 죽을 때까지 그는 자신이 사냥터에서 겪은 창피스러운 일이 역사 기록에 쓰였다는 사실을 알지 못했습니다.

실록과 실록 작성의 기초자료인 사초는 아무리 왕이라 할지라도 절대로 볼 수 없었습니다.

그런데 자신의 역사가 자신의 신하에 의해서 기록되고 있는데 그 내용이 도대체 무엇일지 어떤 왕이 궁금하지 않았겠습니까. 심지어 세종조차도 아버지인 태종의 기록을 보려고 한 적이 있었습니다. 신하들이 나서서 부당함을 주장하자 그만두었지만 어진 왕이라는 세종까지도 실록을 들여다보려 했을 정도면 다른 왕들은 자신과 선대왕이 어떻게 역사에서 그려지는지 얼마나 궁금했을까요.

그러나 왕이 기록을 본다면 이미 그 기록은 그저 업적을 선전하는 공적서나 왕실 홍보책자일 뿐 엄정하게 쓰여야 할 역사서로서의 생명은 끝나는 것입니다.

왕이 실록을 보게 되면 반드시 마음에 들지 않는 부분을 수정하려 들 것이고 그 때문에 수정이 된다면 그 순간 그 기록은 비록 통치자에게 불리한 내용일지라도 사실을 기록해야 한다는 객관성을 상실하는 것입니다.

바로 이런 이유로 왕조차도 기록을 보지 못했고 실록은 후세의 최고 권력자에게 존왕의 길을 가르치고자 한다는 기본적인 집필 정신을 지킬 수 있었으며 인류의 위대한 기록으로 남게 된 것입니다.

춘추필법의 애초 '저작권자'인 중국은 상황이 그렇지 못했습니다. 중국에도 춘추필법을 기록 정신으로 한다는 명실록, 혹은 청실록이라는 기록이 있지만 이들 기록은 '황제의 명'에 의해 여러 차례 가해진 첨삭과 가필로 인해 '있는 그대로의 역사서'의 가치를 잃은 지 오랩니다.

1997년 유네스코는 훈민정음과 함께 조선왕조실록을 인류의 기록유산으로 선정함으로써 우리 선조들의 위대한 기록 정신의 가치를 인정합니다.

전 인류의 문화유산이 된 실록은 그러나 임진년의 왜란으로 망실될 위기에 처합니다. 이때 전쟁의 참화에서 실록을 구해낸 이가 안의와 손홍록이라는 호남 선비입니다.

1592년 7월 왜군 고바야카와 부대는 전주를 공격합니다. 이때 안의와 손홍록은 각기 자신의 노복 등을 동원해 경기전의

태조 어진과 제기, 그리고 사고에 보관하던 실록과 각종 기록 등을 내장산의 용굴암으로 옮겨갑니다.

임란 전까지 실록은 서울 도성의 춘추관, 성주사고, 충주사고, 전주사고 등 모두 4곳에 나누어 보관하고 있었습니다. 그러나 성주사고본과 충주사고본은 서울을 향해 밀고 올라오던 왜군의 손에, 춘추관본은 도성을 버리고 도망간 조선 정부에 분노한 백성들에 의해 소실됩니다.

이 가운데 유일하게 남은 전주사고본이 당시 아무 관직도 없었던 이들 두 선비의 노력으로 참화를 면할 수 있게 된 것입니다. 이들이 아니었다면 임진년에 불타 이제 그 자취를 영원히 알 수 없게 된 고려실록처럼 조선왕조실록도 다른 역사책에서 제목으로만 전해지는 운명을 맞았을 것입니다.

전란이 끝난 뒤 전주사고본을 원본으로 해 모두 5부의 실록이 다시 만들어집니다. 새로 만들어진 실록은 춘추관, 강화도 마니산, 경상도 봉화의 태백산, 평안도 영변의 묘향산, 강원도 평창의 오대산에 보관됩니다. 인근 사찰에 관리책임을 맡겼고 사고를 지키는 관리도 따로 두었습니다.

그런데 1624년(인조 2년) 이괄의 난 때 춘추관의 실록이 또 모두 불탑니다. 그때부터는 5부를 만들고 5곳의 사고에서 보관하는 방식을 벗어나 서울을 뺀 나머지 지방 사고에서만 실록을 보관하게 됩니다.

그 뒤 1633년 묘향산 사고를 전라도 무주의 적상산으로 옮기고, 1678년에는 마니산 사고를 강화도 내의 정족산으로

옮깁니다. 그 뒤 일제에 조선이 패망하기까지 이 4사고 체계
는 계속 이어집니다.

나라가 망하자 실록도 망한 나라의 유물 대접을 받게 됩니
다. 1910년 경술국치 바로 그해에 정족산과 태백산 사고의
실록은 조선총독부로 옮겨갔다가 1930년 경성제국대학으로
이관됩니다. 정족산본은 현재 서울대학교 규장각에 보관되
었고 태백산본은 국가기록원 부산기록관으로 옮겨졌습니다.

적상산 사고의 실록은 구황궁(舊皇宮) 장서각에 이관되었다가
한국전쟁 당시 북한이 반출해 갔으며 현재 김일성종합대학
에 소장되어 있는 것으로 알려졌습니다.

그리고 일본으로 실려간 오대산 사고본은 이제 온전하게 전
해지지 않습니다. 오대산본은 일본의 동경제국대학으로 반
출됐는데 1923년 일본 관동대지진 당시 대부분이 불타 없어
집니다. 현재 47책만이 남아 있는데 지난 2006년에야 이를
일본으로부터 반환받아 현재는 서울대 규장각에서 보관하
고 있습니다.

실록을 실록답게 위대한 기록으로 만든 사람들은 누구일까
요. 바로 사관이라는 존재들입니다. 사관은 넓은 의미로 따
지면 시정을 기록하던 춘추관의 모든 관리를 통칭하는 말입
니다.

그런데 춘추관의 직책은 대부분 겸직이었습니다. 경국대전
에 따르면 춘추관은 영사(정1품 영의정 겸임) 1명, 감사(좌·우의정 겸
임) 2명, 지사 2명, 동지사 2명, 수찬관·편수관·기주관·기사관

등을 두었습니다. 이들은 승정원, 홍문관, 예문관, 사헌부, 사간원, 육조 등 대부분의 정부기관에서 파견되는 형식으로 춘추관 직책을 맡았습니다. 따라서 그 수가 상당히 많았습니다.

사초를 만드는 관리는 이 가운데 기사관이었습니다. 예문관의 봉교 2명, 대교 2명, 검열 4명 등 모두 8명이 전임사관으로서 왕의 정무에 참석하고 사초를 작성했습니다. 사헌부, 사간원의 대간들과 더불어 이들 전임사관이 조선 시대의 '기자'라고 할 수 있겠습니다.

조선시대, 손에 꼽히는 4대 사화 가운데 최초의 사화인 무오사화는 사관이 기록한 사초가 발단이 되어 벌어진 대대적인 반대파 숙청 사건입니다.

무오사화는 훈구대신들에 의한 영남의 신흥 사림세력 축출이라는 의미가 널리 알려져 있습니다. 그러나 이보다는 조선 초 구축된 국정운영 시스템을 절대권력을 추구한 연산군과 일부 기득권 대신들이 뒤집으려 한 시도라고 보는 틀도 설득력이 있어 보입니다.

조선 초에 구축되어 가던 국정시스템을 개략적으로 설명하자면 왕이 조정자로, 그리고 정승과 판서 등 대신들과 사간원 사헌부 홍문관 등의 삼사가 서로 견제하고 설득하면서 국가정책을 수립해 나가는 것이었습니다. 권력의 독점을 막기 위해 대통령과 정부, 국회, 사법기관 등이 견제와 균형을 이루는 현재의 삼권 분립과 비슷한 구조라고도 할 수 있겠습니다.

성종 연간의 경국대전 완성으로 이런 시스템은 완전히 확립

됩니다. 대신과 삼사의 견제와 균형이라는 체계를 법제화해서 움직일 수 없는 고정된 규칙으로 만든 것입니다.

이 시기부터 삼사의 발언권은 말할 수 없이 강력해집니다. 대간의 탄핵을 받은 대신들은 그 즉시 물러나야 하는 지경에 이릅니다. 탄핵을 요구하는 대간의 주장은 이런 것이었습니다. '재상이 사람답지 않아서 변고가 일어난다' '정승이 일은 하지 않고 녹봉만 축내고 있다'.

대간들은 연산군에 대해서도 사안마다 부딪히며 갈등을 빚습니다. 그러나 위의 내용처럼 논리가 빈약하거나 상식적이지 않은 무리한 비난도 적지 않아서 연산군은 극도의 반감을 갖게 됩니다.

결국 연산군과 대신들을 한 축으로 하고 그 반대편에 삼사가 맞서는 극렬한 대립 전선이 시간이 지날수록 명확해지며 국왕은 결국 극단적인 방법으로 이들 삼사를 제압할 결심을 하

게 됩니다. 이때 사관 김일손이 작성한 사초에 세조에 대한 불경스러운 표현이 들어있다는 실록청 당상관의 보고가 올라옵니다. (당시 성종실록 편찬을 위한 실록청이 만들어져 있었고 김일손과 대립하던 이극돈이 실록청의 당상관 직책을 맡습니다. 사초를 볼 수 있었던 이극돈은 개인적인 적대심으로 김일손 개인에 대한 보복을 위해 사초 내용을 알렸지만 그것이 결국 무오사화의 발단이 됐습니다.)

김일손이 사초에 쓴 조의제문은 김일손의 스승 김종직이 지은 것으로 중국 진나라 때 항우에 의해 폐위됐던 초나라 의제를 추모하는 글인데 연산군과 일부 대신들은 이를 세조가 단종을 폐위한 것을 빗대 세조와 왕실을 능멸한 것이라고 몰아부칩니다.

이때 삼사가 국왕이 실록을 봐서는 안 된다고 주장하고 나섭니다. 연산군은 이를 삼사와 김일손 등이 연관되어 있기 때문이라고 판단하고 결국 김일손 등 김종직 일파, 그리고 이들을 옹호하는 삼사 대간들을 처벌합니다. 이 사건으로 모두 52명이 죽거나 유배, 혹은 파직됐습니다.

연산군은 이 사건으로 '불충한 기록을 남긴 사관은 언제든 처벌될 수 있다'는 선례를 남기는 한편 눈엣가시였던 삼사 세력을 위축시키는 일거양득의 효과를 거뒀습니다.

그러나 이는 초기 조선이 추구했던 권력기관 간의 견제와 균형이라는 대원칙을 무너뜨린 행위로 현재로 치자면 헌정 중단 사태와 비슷한 것이었습니다. 결국 그는 반정세력에 의해 강제로 왕위에서 끌어 내려졌습니다.

사관들이 입은 필화는 명종 연간 안명세의 사례도 들 수 있겠습니다. 그는 1545년(인종 1년)에 이기, 정순붕 등이 을사사화를 일으키자 이 사건의 전말과 비판적 기록을 상세히 시정기에 적었습니다. 그런데 1548년(명종 3년) 안명세와 같이 사관으로 있었던 한지원이 안명세의 시정기 내용을 이기와 정순붕에게 밀고해 결국 국문을 당하고 사형에 처해졌습니다. 그는 국문을 받으면서도 을사사화를 일으킨 이들의 죄악을 주장했고 의연하게 죽음을 맞았습니다.

안명세 사건은 사관으로서 당시에도 두 가지 부류가 존재했다는 것을 알려줍니다. 안명세와 같은 올곧은 청류가 있는 반면 그를 밀고한 한지원 같은 부류도 있었다는 것이죠.

조선 초에는 사관들의 의기와 사명감은 대단했습니다. 형제들을 죽이고 왕위에 오른, 조선 초 절대권력의 상징이었던 태종이 사관의 편전회의 참석을 중단하라고 하자 당시 사관이었던 민인생은 왕에게 이렇게 말합니다.

> '신이 만일 곧게 쓰지 않는다면, 그 위에는
> 하늘이 있습니다.'

점잖게 올린 말이지만 결국 태종에게 전해진 메시지는 '까불지 마세요' 이게 아닐까요.

국왕과도 맞서던 대쪽같던 사관들의 기개는 조선 말기로 갈수록 그 빛깔이 바래집니다. 한지원 같은 부류들이 득세하고 공공연하게 내용을 알림으로 권세와 맞바꾸는 탁류가 거세집니다.

후대에 가면 기록하는 사관들도 당파에 휘말립니다. 현재의 정치권력이 역사기록에 개입하기 시작하는 것입니다. 조선 후기에 들어서면 선대의 춘추정신은 오염되고 맙니다. 그 시기 기록들에서 앞선 기록들의 엄정함을 찾아보기 힘든 것은 이 때문입니다.

조선이 말기로 갈수록 이런 역사 왜곡은 점차 심해지는 경향을 보입니다. 조선은 엄정한 역사기록을 남겨야 한다는 선조들의 기록 정신을 차츰차츰 훼손하다가 결국 망한 셈입니다.

정치권력이 역사 기록에 개입하기 시작하고 기록하는 이들 역시 엄정함과 객관성을 상실하는 바로 그때가 국운이 무너지기 시작하는 때입니다. 과거에 비춰 현재를 반성할 신뢰할 만한 기록이 남지 않게 되기 때문입니다. 이건 조선뿐만 아니라 전 세계 어느 나라의 역사를 봐도 마찬가지입니다. 그리고 현재에도 마찬가지의 진리일 것입니다.

국조인물고에 실린 사관 안명세에 대한 기록을 덧붙입니다.

> "갑진년(甲辰年, 1544년 중종 39년)에 과거에 급제하여
> 승문원(承文院)에 선발되어 들어갔다가 예문관
> 검열(藝文館檢閱)로 옮겼고, 승정원 주서(承政院注書)로
> 승진하였다가 홍문관 정자(弘文館正字)로 옮겨
> 임명되었는데, 당시 이기(李芑)와 정순붕(鄭順朋) 등이
> 정사(政事)를 전횡하면서 살육(殺戮)을 자행하여
> 명류(名流)들이 조정에서 거의 다 사라졌다. 이때 공은
> 사국(史局)에 있으면서 그 정황을 낱낱이 기록하였는데,
> 동료 가운데 대신들에게 아첨하는 자가 있어 그 말을

누설하게 되어 이기와 정순붕은 개가 으르렁거리며
물어뜯듯이 하다가 마침내 사사(賜死)케 조치하였다.

공은 국문(鞫問)을 당하면서도 할 말은 다하며 조금도
거리낌이 없었고, 형벌을 받기에 임해서는 당당하기가
평소와 같았으니, 바로 무신년(戊申年, 1548년 명종 3년)
2월 15일로 공의 춘추(春秋) 겨우 31세였다. 그 뒤
선조(宣祖)께서 즉위하여 제일 먼저 직첩(職牒)을 돌려주고,
그 자손들을 거두어서 녹용(錄用)케 명하였다. (중략)

머리는 꺾을 수 있어도 지조는 바꾸기 어려웠네.
직필(直筆)로 죽었지만 조금도 두려움 없이 태연하였네.
은전(恩典)은 이미 백골에 미치고 아들에게도 이어졌네.
내가 사실만을 모아서 이렇게 시로 밝히네."

5

훼손… 도난… 강탈… 어이 상실 국보 수난사

세상에 돈이면 다 되지,
돈으로 안 되는 게 어디 있나?

문화재의 원형 복원은
돈으로도 안 됩니다.

혹시 '이상현'이라는 이름을 아십니까. 이 글을 읽는 독자 본인이 '이상현'일 수도 있고 지인 중에 '이상현'이라는 사람이 있을 수도 있겠습니다. 제가 말하고자 하는 이상현이 누군가 하면 울산 울주군에 있는 국보 147호 천전리 각석에 돌로 낙서를 한 범인의 친구 이름입니다.

2011년 8월 30일 반구대암각화와 함께 세계적인 암각화 유물인 국보 147호 천전리 각석에 돌로 새긴 '이상현'이라는 낙서가 발견됩니다. 위치는 오른편 하단 쪽입니다.

암각화 주변에는 원래 1미터 가량의 펜스도 둘러쳐져 있었고 관리인도 상주했다고 합니다. 그러나 범인은 관리인이 퇴근한 사이에 펜스를 넘어가서 사고를 저지른 것으로 파악됐습니다. 그런데 애당초 낙서가 처음 발견된 시점은 7월 초였습니다. 관광객 대상으로 유물 설명을 하는 문화재 해설사가 첫 발견자로 이 해설사는 관리인에게 못 보던 낙서가 있다고 알렸습니다.

그러나 관리인은 큰일은 아니라고 판단해서 훼손 사실을 관

리주체인 울주군청에 즉시 보고하지 않았습니다. 그러다 군청과 문화재 당국은 두 달 가까이 지난 8월 말이 돼서야 훼손 사실을 파악하게 됩니다.

부랴부랴 CCTV를 확인해본다, 주변 감식을 해본다 난리를 피웠지만 단서가 될 만한 것은 '이상현'이라는 이름밖에 없었습니다. 그나마 낙서의 높이가 1미터를 약간 넘는 정도여서 초등학생이 범인이 아닐까 추정을 할 수 있을 뿐이었습니다.

울주군은 경찰에 수사 의뢰를 했고 경찰은 곧바로 현상금까지 내걸고 '이상현' 찾기에 나섰습니다. 그러나 경찰로서도 증거나 단서가 될 만한 것이 전혀 없어 처음부터 제보에 의존해야 하는 수사였기 때문에 난감하기 그지없었습니다.

한 달여 뒤 경찰은 국보훼손의 범인으로 서울지역 고교 2년생인 A군을 특정하고 불구속 입건합니다. 경찰 수사에 따르면 A군은 낙서가 발견되기 1년 전인 2010년 7월 수학여행을 와서 천전리 각석 펜스를 넘어 무릎을 굽힌 상태에서 친구인 '이상현'이라는 이름을 돌로 그어 쓴 것으로 확인됐습니다. A군은 범행동기에 대해 "친구를 놀려주고 싶었다"고 말했습니다.

나라를 떠들썩하게 했던 국보 낙서사건이 철없는 한 고교생의 어이없는 행동으로 밝혀진 순간이었습니다.

천전리 각석은 유명한 반구대 암각화보다도 1년 먼저 발견된 우리나라 최초의 암각화 유물입니다. 청동기 시대의 기하적적 무늬나 동물 모습, 또 삼국시대 화랑들이 남긴 것으로 추정되는 한문글자까지 조각되어 있습니다. 신석기 시대부터 신라 시대까지 수천 년의 시간을 지나며 당시를 살았던 사람들의 흔적을 고스란히 간직하고 있는 셈입니다.

그 학생이 아마 유물과 유적이 얼마나 험난하고 긴 세월을 견뎌서 우리에게까지 왔다는 걸 배웠다면 낙서는 감히 상상할 수도 없었을 텐데 우리 사회 교육이 유물을 그저 오래된 돌덩어리 쇳덩어리로만 가르치고 있다는 게 또 한 번 드러난 사건이었습니다.

2011년의 훼손 사건은 이렇게 일단락됐지만 사실 천전리 각석에는 사람 이름 낙서가 하나 더 있습니다. '崔海哲'(최해철)이라는 이름입니다.

이 낙서가 있다는 것을 처음 알린 사람은 정일근 경남대 교수입니다. 그에 따르면 각석의 왼쪽 하단에 최해철이란 이름이 낙서된 것을 확인하고 90년대 후반에 이를 관계당국에 알려 수사와 보존대책을 촉구했다고 합니다.

그러나 정 교수의 문제 제기에 이렇다 할 반응을 보이는 기관은 없었고 무관심 속에 이제 그 낙서는 그사이 또 십수 년의 세월이 흘러 신라 화랑들의 한문 글자처럼 낙서 자체가 각석의 일부가 되는 지경이 됐습니다. 정 교수는 이상현 낙서사건의 진실이 밝혀지자 최해철도 찾아달라며 언론에 기고문을 보내 다시 수사를 촉구하기도 했습니다.

반구대 암각화도 제대로 보존되지 못하고 있는 건 마찬가집니다. 천전리 각석이 발견되자마자 전문가 조사를 거쳐 이미

1973년에 국보가 된 것에 비해 반구대암각화는 지난 95년에
야 국보의 반열에 오릅니다.

동물의 모습과 고래 등의 사냥장면 특징을 정확히 짚어내 실
감나게 묘사한 그림들은 선사시대 사람의 생활상을 알 수 있
는 세계적인 암각화 유물입니다.

그렇지만 이 유물은 1965년에 지어진 사연댐으로 인해 평소
에는 물속에 잠겨 있다가 물이 말라야 비로소 밖으로 드러납
니다. 물속에 있을 때는 물살 등의 영향으로 끊임없는 훼손
에 시달립니다.

반구대 암각화는 90년대 초반만 해도 울산 인근의 고위공무
원들이 임기를 마치고 전출될 때면 탁본을 구해간다는 말이
나돌기도 했습니다. 암각화에는 고래사냥을 하는 장면들이
묘사되어 있는데 고래의 도시라는 울산에서 근무한 기념품
으로 제격이라는 거죠.

국보가 아니었던 95년 이전은 그렇다 치더라도 국보가 된 이
후부터 지금까지 무려 20년간을 계속 암각화가 물속에 잠겼
다 드러났다를 반복하게 만들고 있는 우리는 지금 과연 무엇
을 하고 있는 걸까요.

90년대 이전의 훼손 사례를 보면 '이상현' 사건보다 더 어이
없는 일도 많습니다.

'인기 문화재' 가운데 하나인 경북 경주 양북면의 국보 112
호 감은사지 3층 석탑은 지난 94년 탑신 벽면이 떨어져 나가

고 관광객들이 피운 불에 탑신이 그을리는 훼손을 입었습니다. 또 서탑의 겉면에는 '5.16 군사혁명'이라고 쓴 낙서도 발견됐습니다. 당시 감은사탑의 보존 책임을 맡고 있던 경주시는 보호펜스 하나 없이 주변 구멍가게 주인에게 탑의 관리를 위탁하고 있는 상태였습니다.

국내에 유일한 목조탑인 국보 55호 충북 보은 법주사 팔상전은 폭우로 탑신이 훼손된 것을 1년 가까이 그대로 방치를 당해 건물 안으로 비가 새들어오기도 했고 국보 4호인 여주의 고달사지 승탑은 갈라진 부분을 보수한 틈에서 다시 접착용 액체가 흘러나와 탑신이 오염되고 관람객들이 마구잡이로 탁본을 뜨는 바람에 기단이 변색되는 일도 있었습니다.

백제시대를 대표하는 유물인 충남 부여 정림사지 석탑도 80년대 초반 심각한 훼손을 겪었습니다. 철책 하나 없이 덩그러니 놓여 있던 이 탑은 누구라도 가까이 접근할 수 있게 되어 있어서 아래쪽 탑신에는 돌이나 쇳조각으로 그은 것으로 보이는 이름들이 어지럽게 쓰여 있고 칼로 그은 자국 등의 흠집도 상당했습니다. 이랬던 정림사 석탑이 비로소 오늘의 모습을 갖추게 된 게 그나마 90년대 들어서입니다.

도굴범들의 짓으로 보이는 심각한 훼손 사례도 어렵지 않게 찾을 수 있습니다. 가장 잘 알려진 것은 1966년의 경주 불국사 석가탑 훼손입니다.

그해 가을 일단의 전문 도굴꾼들은 당시만 해도 한 번도 중수되거나 해체 수리되지 않았던 것으로 알려진 석가탑을 들어내 탑 안의 사리구 등을 훔치려 했습니다. 탑을 열어 본 적이 없으니 반드시 그 안에 국보급 유물이 들어있을 것이라고 생각한 겁니다.

그러나 이들의 시도는 미수에 그쳤고 도굴시도 과정에서 탑신의 일부가 훼손되는 사태가 벌어집니다.

경찰수사로 체포된 이들은 사리구 등 탑 내부의 유물을 확인하지 못했다고 주장했지만 문화재 당국은 이들의 말을 믿을 수가 없었습니다. 정말 유물을 꺼내지 못한 것인지 유물을 이미 꺼내어 숨겨놓은 것인지 탑의 내부를 확인해봐야 알 수 있는 일이기 때문이었습니다.

결국 문화재 당국은 탑의 해체 수리를 결정합니다. 그러나 이 해체 수리과정에서 석가탑은 돌이킬 수 없는 심각한 상처를 입습니다. 옥개석을 들어 올리다가 지렛대로 쓰던 나무기둥이 부러지면서 그만 옥개석이 두 동강 나고 만 것입니다.

1966년 석가탑 해체 해체

처음은 도굴꾼들에 의해, 또 한 번은 미숙한 당국의 해체작업으로 인해 석가탑은 두 번을 훼손당하는 상처를 입었습니다. 그렇지만 석가탑은 이 해체 수리 때 몸속에 모시고 있던 사리장엄구와 저 유명한 무구정광대다라니경을 세상에 꺼내놓습니다. 이 다라니경은 전 세계에서 여태까지 발견된 인류의 모든 인쇄유물 가운데 가장 오래된 것입니다.

1966년 가을은 석가탑이 겪은 이중의 고난과 그 와중에 새로 발견된 세계사적 가치를 지닌 유물 얘기로 온 나라가 떠들썩했습니다.

또 나중에 도굴꾼들을 잡고 보니 이들은 석가탑뿐만 아니라 황룡사 초석, 남산사 사적, 통도사 부도 등 10개월간 모두 13회에 걸쳐 사찰과 유적을 헤집고 다녔던 것으로 확인됐습니다. 이들 도굴꾼들이 훔쳐낸 문화재를 최종적으로 사들인 사람은 당시 삼성 이병철 회장의 형인 이병각 씨로 드러나 또 한 번 세상이 깜짝 놀라기도 했습니다.

불교문화재가 다수인 우리나라 유물들은 또 종교적인 이유로 흠집을 입는 경우도 많습니다. 유명한 절집 벽면이나 기둥 등 나무로 만들어져 훼손이 쉬운 곳에 슬쩍 못이나 동전 같은 것으로 본인이 믿는 종교의 상징들을 긋는 겁니다. 이런 사례는 그리 심각한 훼손이 아니라 그나마 다행입니다. 혹시 절이나 폐사지의 유물을 보실 기회가 있으시다면 그런 흔적들이 있나 한번 눈여겨보시는 건 어떨까요.

도난당한 뒤 이제 그 자취를 알 길이 없는 국보도 있습니다. 국보 238호 소원화개첩이 그 주인공입니다.

이 국보는 조선 세종의 삼남인 안평대군이 쓴 글씨를 담은 책으로 소유자인 서정철 씨가 지난 2001년 1월 6일에서 8일 사이에 자택에서 도난당했습니다.

명필로 이름났던 안평대군은 그러나 그의 글씨가 전하는 것이 별로 없습니다. 계유정난 때 단종의 편에 섰던 안평대군은 결국 수양대군에게 죽임을 당했고 그의 글씨마저 모두 불태워졌기 때문입니다. 아직 남아 있는 안평대군의 글씨는 일부 비문과 일본에 있는 몽유도원도의 발문뿐입니다. 그런데 소원화개첩은 그의 낙관과 도장이 찍혀 있어 진본임이 명백한 국내에 있는 유일한 안평대군의 글씨입니다.

소원화개첩은 가로 16.5㎝, 세로 26.5㎝로 비단 위에 행서체로 쓰여졌으며 모두 56자입니다.

2001년 1월 초, 소원화개첩의 소장자가 거주하던 서울 동대문구의 한 아파트에 도둑이 침입합니다. 이 도둑은 소원화개첩을 비롯해 문화재 100여 점을 한꺼번에 훔쳐갔습니다.

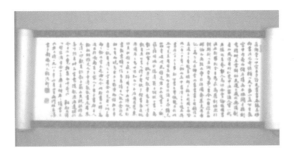

그 뒤 이 소원화개첩을 본 이는 아무도 없습니다. 범인이 누구인지도 모릅니다. 국내에 아직 남아 있는지 해외로 유출됐는지도 알 수가 없습니다. 국보를 잃은 지는 벌써 15년이 지났지만 소원화개첩은 여전히 국보입니다. 지금 당장엔 실체가 없지만 언젠가는 반드시 돌아올 나라의 보물이기 때문에 그 자리에 그대로 모시고 있는 것입니다.

2000년대에 들어서도 국보 도난 사건은 사라지지 않습니다. 대표적인 것이 2003년 5월 충남 공주시 국립박물관에 전시 중이던 국보 247호 공주 의당 출토 금동관음보살입상 도난 사건입니다.

5월 15일 밤 30대 복면 괴한 2명이 관람이 다 끝난 밤 10시 25분께 박물관의 당직실로 침입합니다. 이들은 칼과 전기충

국보247호 공주 의당
금동관음보살입상

격기로 당직 중이던 학예사를 위협해 손과 발을 묶고 눈을 가린 뒤 1층의 전시실로 들어갑니다. 곧바로 진열장 유리를 깨고는 금동관음보살입상과 고려 상감청자 2점, 조선분청사기 1점을 훔쳐 달아났습니다.

당시 공주박물관은 신축 건물로 이전을 앞두고 있던 상황이라 보안에 소홀했던 것으로 보입니다. 사상 초유의 국립박물관 국보 강탈사건엔 모두 5명의 범인이 직간접적으로 가담했던 것으로 확인됐고 국보를 비롯한 나머지 강탈 유물들도 모두 무사히 회수되는 것으로 희대의 국보 도난 사건은 막을 내렸습니다. 이 시건은 이후 국립박물관이 더욱 보안시스템을 강화하는 계기가 됐습니다.

잘 알려지지 않은 이야기인데 국보 76호 충무공 이순신 장군의 난중일기도 도둑맞은 적이 있습니다.

1967년 12월 31일 현충사 유물전시관에 보관 중이던 난중일기 7책과 서간첩, 임진장초, 충무공 유사 10책이 도난되는 사건이 발생합니다. 범인들은 저녁 9시경 전시관의 철문과 잠금장치를 부수고 침입했습니다.

즉시 경찰수사가 시작됐지만 수사는 일주일이 지나도록 진척을 보지 못합니다. 당시 박정희 대통령은 사건 발생 8일 뒤인 1968년 1월 8일 대국민 특별담화를 발표합니다. 경찰에 철저한 수사 지시를 내리고 시민들의 적극적인 제보와 범인의 자수를 촉구하는 내용입니다.

담화 발표 이튿날인 9일 오후 9시경 범인들이 일본으로 난중일기를 유출하기 직전에 시민의 제보로 부산에서 극적으로 체포됩니다. 모두 6명의 가담자가 있었던 것으로 나타났으며 애초부터 밀반출을 계획했던 것으로 조사됐습니다.

구사일생으로 구출된 난중일기 등 서책들은 바로 헬기로 청와대에 공수됩니다. 박 대통령은 회수된 유물을 살펴보고 덕수궁미술관에 보관을 지시합니다.

당시 충무공 선양작업에 골몰해 있던 박 대통령은 난중일기 도난사건으로 꽤 충격을 받은 것으로 보입니다. 그는 난중일기를 복제해서 여러 기관에 분산해 보관하라는 지시를 내립니다. 임진왜란 이후 조선왕조실록을 여러 곳에 분산 배치한 것과 같은 거죠.

실록은 기록된 내용 자체가 중요했던 것이기 때문에 멸실을 대비해서 여러 벌 필사해 분산 보관을 한 것이지만 난중일기는 따로 내용을 적어두지 않더라도 그 내용은 이미 여러 곳에 많이 기록되어 있고 따라서 내용보다는 그 실물 자체가 가치가 있는 것인데 복제본을 만드는 게 무슨 의미가 있는 건지는 알 수 없는 일입니다.

하여간 이렇게 대통령 지시로 난중일기 등을 복제해서 만든 게 바로 1968년의 난중일기 영인본입니다. 모두 50부를 만들었습니다. 영인본은 원본을 그대로 복제하는 게 원칙이지만 박 대통령은 표지제목을 직접 붓글씨로 써서 그걸 표지로 달게 했습니다. 붓글씨와 현판을 직접 쓰는 걸 즐겼던 양반이 난중일기에도 흔적을 남긴 셈입니다.

문화재는 항시 관리를 받고 보살핌을 받고 연구를 해야 하는 존재들입니다. 그리고 한번 훼손된 문화재는 원형으로의 복원이 영원히 불가능합니다. 세상에 돈이면 다 되지, 돈으로 안되는 게 뭐가 있냐고들 하지만 문화재의 원형 복원이 돈으로 안 되는 일 여러 일 중 하나입니다.

박물관이 보물을 도둑맞는 일은 앞으론 일어나기 힘들겠지만 물속에 잠겼다 나타났다를 반복하는 유물들을 구해내는데 십수 년이 걸린다거나 종교적인 이유로 다른 문화재를 박해한다거나 돈을 벌려고 문화재를 훔치거나 감추거나 하는 일들은 지금도 일어나고 있고 앞으로도 일어날 것입니다.

지금 우리 세대에 벌어지고 있는 이런 일들도 낱낱이 기록되고 전승되어서 후대들이 우리 시대에 대해 논박하고 토론하고 평가하게 되겠죠. 발명될 수가 없고 오로지 전승되기만 하는 것, 그래서 후대들에게 지금의 모든 것을 최대한 남기고 이어져 내려온 것은 훼손 없이 온전하게 물려줘야 하는 것, 그게 역사이고 문화재입니다.

놀랍도록
똑같이 재현된
반대파
숙청사건

무오사화(戊吾史禍)와
남북정상회담 대화록 유출 사건,
과거 기록을 들춰내 모함으로
반대파를 숙청하다

김종직은 세조에서 성종 연간에 공신 등 훈구세력에 맞선 영남 신진 사림의 영수 격인 사람입니다. 경남 밀양 출신으로 당시 사림을 대표하는 고명한 선비이자 문장가였으며 주요 관직을 두루 역임한 출중한 행정가이기도 했습니다.

그는 정몽주와 길재로 이어지는 고려말 조선 초 성리학의 대표 주자입니다. 그는 신진 사림 양성의 요람이던 길재의 문하에서 배웠으며 그러나 '길재학원' 출신들이 지방에 은거하며 지사적 삶을 지향하던 것과 달리 그는 일찍부터 과거를 통해 중앙 정계에 진입하려 했습니다.

그는 함양군수, 선산부사, 전라도 관찰사 등 지방직과 홍문관 부제학, 도승지, 이조참판, 공조참판, 형조판서 등 중앙의 요직을 두루 거칩니다.

김종직이 함양군수로 있을 때 있었던 일입니다. 그는 함양에 있는 학사루라는 정자에 올랐다가 유자광(1439~1512)이 쓴 시가 누각에 걸려 있는 것을 보게 됩니다. 서얼 출신에다 남이 장군을 모함해 죽게 만든 그를 평소 소인배이며 비루한 인

간으로 보던 김종직은 불같이 노해 "어디 자광같은 소인배가 쓴 시를 현판에 걸어놓았단 말이냐"며 즉시 떼서 불태워 버리라고 명을 내립니다. 그 시는 경상도 관찰사인 유자광이 학사루에 올라 절경에 감탄해 즉석에서 시를 짓고 현판으로 만들어 걸어 놓은 것이었습니다.

김종직이 현판을 떼서 불태워 버릴 당시에도 유자광은 현직 관찰사였습니다. 당연히 유자광도 얼마 지나지 않아 자신의 현판이 김종직에 의해 불태워졌다는 사실을 알게 됩니다.

자신보다 직급이 낮은 하급관리에게 선비가 아니라는 극도의 멸시를 당한 유자광은 이 일로 김종직에게 깊은 원한을 갖게 됩니다. 이때의 원한이 결국 무오사화의 참극으로 이어지는 한 원인이 됩니다.

김종직은 관직에 들기 전인 그의 나이 27세 때 조의제문(의제를 추모하는 문장)이라는 글을 썼습니다. 그 글을 사관으로 있던 김종직의 제자 김일손이 조선왕조실록을 만드는 기초 기록인 사초에 적어 넣었습니다. 실록 연산군일기에 남아있는 조의제문의 내용입니다.

'정축(1457년) 10월 어느 날에 나는 밀양부터 경산으로 향하여 가다가 답계역(踏溪驛)에서 잠을 잤다. 꿈에 신이 칠장(七章)의 의복을 입고 훤칠한 모양으로 나타나 말하기를 "나는 초(楚)나라 회왕(懷王. 의제)인데, 서초 패왕(西楚覇王)에게 죽임을 당해 빈강(郴江)에 잠겼다." 하고 문득 사라졌다. 꿈을 깨어 놀라며 생각하기를 "회왕은 남초(南楚) 사람이요, 나는 동이(東夷) 사람으로 거리가 만여 리가 될 뿐이 아니라 시간의 간격도 천 년이 훨씬 넘는데 꿈속에서 나타나니 이것은 무슨 의미인가. 정녕 항우(項羽)가 회왕을 죽이고 그 시체를 물에 던졌다는 것인가? 이제야 글로 지어 조문한다. 하늘이 법칙을 사람에게 주었고, 누가 사대(四大) 오상(伍常)이 높은 줄 모를까. 중화라서 풍부하고 이적이라서 인색한 게 아니고 어찌 옛적에만 있고 지금은 없을 건가. 나는 이인(夷人)이요 또 천 년의 차이가 있건만 삼가 초 회왕을 조문하노라.

이 글은 항우에게 죽임을 당한 그의 조카 회왕을 애도하는 글입니다. 그러나 연산군 당시 삼사에 포진해 있던 김종직의 후학들을 숙청하기 위해 조정을 장악한 집권 훈구세력들은 이 글을 교묘히 악용합니다. 세조가 조카 단종을 죽이고 왕위를 찬탈한 것을 비꼬며 비난한 글이라는 혐의를 들씌우는 것이죠.

연산군 초기는 삼사(사헌부 사간원 홍문관)에 포진하고 있던 사림 개혁세력과 고위 대신, 공신 등 훈구세력들이 거칠게 대립하던 시기였습니다. 왕은 결정권자로, 삼사와 대신들은 서로 견제하면서 국가정책을 결정하는 시스템이 구축되어 가던 무렵에 이같은 체제를 달가워하지 않던 왕과 대신이 한편이 되고 새로 조정에 진입해 국왕, 대신들과 간쟁하던 삼사의 대간들이 극렬히 대립하다 결국 삼사 사림세력의 피의 숙청으로 이어진 것이 바로 무오사화입니다.

사관이 기록하는 사초와 실록은 왕이라 해도 내용을 보는 것이 엄격히 금지되어 있었습니다. 권력자가 임의로 기록을 보지도 고치지도 못하게 해서 엄정하고 객관적이 기록이 가능했던 게 바로 조선왕조실록이 가진 독보적인 위대함입니다. 이런 선대의 기록을 가진 국가와 민족은 전 세계를 통틀어 우리나라밖에 없습니다.

이같은 실록의 원칙대로라면 사관 김일손이 써넣은 김종직의 조의제문이 사초에 실려 있다는 것은 당대에선 알려질 수도 없고 알려져서도 안 되는 일이었습니다. 그러나 이 기록은 결국 유출이 됐고 이후 정치적 반대파를 숙청하는 칼날이 되었습니다.

사초의 기록을 유출한 사람은 이극돈이라는 사람입니다. 그는 연산군 선대왕인 성종의 실록을 편찬하기 위해 만들어진 임시 관청인 실록청의 당상관으로 있었습니다. 성종 시기에 만들어진 모든 사초를 다 들여다볼 수 있는 위치였습니다.

그는 사초를 검토하다가 사관 김일손이 자신의 혹평을 사초에다 쓴 걸 발견합니다.

훈구세력의 학자로 그렇지 않아도 사림들과 관계가 좋지 못했는데 김일손이 자신의 허물을 사초에까지 집어넣은 것은 알게 되자 이극돈은 그를 제거할 방법을 찾습니다. 결국 김일손이 쓴 세조에 대한 비판적 기록을 모아서 따로 정리한 뒤 이를 외부에 유출합니다.

이극돈은 애초 김일손 개인에게 보복하는 것을 목적으로 세조에 대한 비판과 조의제문 기록을 유자광에게 알렸지만 정치적 흐름을 자신의 이익으로 바꿔내는 조선 최고의 실력을 가졌던 유자광은 판을 더욱 크게 키웁니다. 그는 이를 국왕과 대신들에 맞서던 사림세력을 일망타진할 기회로 삼아 또한 번의 대형 옥사를 일으킵니다.

유자광은 조의제문 한 줄 한 줄에 풀이를 달아 이 글이 결국 세조의 왕위 계승 정통성을 흔들고 그 후대로 이어지는 조선 왕실을 능멸한 것이라는 논리를 연산군에게 제공합니다.

이는 무오사화에 연루된 사림들을 돌이킬 수 없는 절벽으로 밀어붙이는 결정적 역할을 하게 됩니다. 왕의 반대편에 서 있던 대간들과 사관들을 비롯한 사림 세력을 '왕조에 대한 정통성 시비'라는 어마어마한 혐의로 한 줄에 옭아맬 수 있게 된 것입니다.

왕의 가려운 곳을 시원하고 긁어주면서 대의명분까지 확보한 그는 이제 거칠 것이 없었습니다.

결국 조의제문을 지은 김종직은 무덤에서 시신이 파내어져 부관참시를 당하고 김일손을 비롯한 모두 52명의 사림 선비가 죽거나 귀양가거나 관직을 박탈당합니다. 김종직과 그 일파 사림들이 붕당을 만들어 국왕과 재상들을 비난하고 왕조의 정통성을 흔들었다는 혐의였습니다. 이것이 그 뒤 50여 년간 사림 세력을 떼죽음 당하게 만든 조선 4대 사화의 시작, 무오사화의 사건 전말입니다.

이쯤에서 한 가지 들여다봐야 할 문제가 있습니다. 문제가 된 조의제문은 정말 김종직이 세조를 비난하는 뜻으로 쓴 것일까요.

조의제문 자체만 보면 그 의도를 유추할 만한 부분이 전혀 없습니다. 세조를 비난할 뜻이 있었다면 당대의 문장가였던 김종직이 행간에라도 그 의도를 넣어놓지 않았을까요. 조의제문 자체로만 보면 꿈 얘기를 한참 늘어놓고 뒷부분에 의제를 추모한다고 몇 줄 넣은, 정말 간단하면서도 '드라이하게' 쓴 글입니다.

그리고 김일손이 추국을 당할 때 이미 조의제문 내용이 알려져 있었지만 그게 세조에 대한 정통성 시비를 제기한 것이란 얘기는 유자광이 조의제문에 해석을 달아 연산군에게 보고한 이후부터입니다.

김일손이 국문을 당하던 초기에는 조의제문은 별 논란이 안 됐습니다. 사초에 넣은 세조에 대한 비판적 기록은 누구한테 듣고 어떻게 쓰게 된 것이냐는 경위 추궁이 주였습니다. 그런데 며칠 뒤 유자광에 의해 갑자기 문장 하나하나에 의미와 해석이 달리면서 조의제문이 불붙은 다이너마이트가 되어 사림 세력에게 던져진 것입니다.

김종직은 또 스스로가 세조 연간에 벼슬을 하던 사람입니다. 특히 세조가 집현전을 없애고 따로 글 잘하는 젊은 관료 10명을 뽑아 예문을 짓는 일을 맡길 때 김종직이 발탁되어 세조를 옆에서 모시기도 했습니다. 절개와 기백을 상징하는 영남 사림의 거두가 세조의 왕위 정통성을 의심하고 있었다면 그 세조의 치세에서 벼슬을 할 생각을 했을까요.

또 김종직은 세조 정권의 핵심 공신인 신숙주와 대단히 절친한 관계였습니다. 김종직은 신숙주의 문집에 서문을 썼는데 이 자체도 그들의 특별한 친분을 보여주는 일이거니와 김종직은 또 신숙주가 관직에 나온 자신을 돕고 이끌어준 부분에 대해 절절한 감사의 표현을 넣습니다.

> "나는 궁벽한 시골의 만진(晚進)으로 처음 승문원에서
> 공(신숙주)의 은혜를 입었다. 공이 '병장설'을 펴낼 때
> 내가 외람되게 속관(보좌관)으로 있었는데, 하루는 공이

손님들과 술을 마시면서 온 좌중에 나를 칭찬해 주었다. 나를 알아주고 격려해주고 성취시켜 준 그 은혜를 어찌 잊을 수 있겠는가."

병장설 : 세조 8년(1461)년에 임금이 장수들에게 훈시한 말을

신숙주, 정인지, 강희맹 등이 풀이해 펴낸 책

이 글로 미뤄보면 신숙주는 사실상 김종직의 정치적 후원자라고도 할 수 있는데 과연 그가 세조의 정통성을 시비할 생각을 갖고 있었다면 이런 친분관계가 가능했을까요. 과거 무오사화의 기록을 통해 현재를 되짚어볼 필요도 있습니다. 결국 이것이 역사를 배우는 목적이기도 합니다.

종합해보면 무오사화는 결국 공개되어서는 안 될 국가 기록물이 정치적 반대파 공격을 목적으로 의도적으로 유출되면서 일어난 숙청 사건입니다.

그런데 그와 비슷한 사건이 최근에도 재현된 것을 우리는 목격한 바 있습니다. 남북정상회담 대화록 유출 사건이 그것입니다.

이 두 사건은 발단부터 전개, 결말 등이 놀랍도록 흡사합니다. 공개되어서는 안 될 기록물이 은밀히 유출됐고 이를 빌미로 특정 정파가 여러 가지 해석과 주장을 뒤섞어 국가 정통성 시비를 일으켰고 끝내는 소기의 정치적 목적을 달성했다는 점 등이 그렇습니다.

조선의 무오사화는 개혁 신진세력을 말살하고자 한 집권세력의 정치적 탄압이라고 역사에 기록되어 있는데 그와 사건의 얼개가 비슷한 현대의 무오사화는 후대의 역사에 어떻게 남게 될까요.

알 수 없는 일이지만 무오사화의 일등공신 유자광의 마지막 길은 이러했습니다.

유자광은 성종 때 남이장군 모살을 시작으로 연산군 때 무오사화, 그리고 중종 때는 연산군을 끌어낸 반정세력에도 가담하면서 화려한 변신과 배신의 정수를 보여줬습니다. 그렇지만 결국 사림을 탄압한 원흉으로 지목돼 중종 2년에 자손들과 함께 유배에 처해집니다.

경북 울진의 유배지에서 병마에 시달리다가 5년 만에 죽은 그는 조선조 내내, 그리고 지금까지도 청류를 핍박한 간신이란 오명이 또렷이 기억되어 전해지고 있습니다.

중종실록에 기록된 그에 대한 사관의 평가는 이러합니다.

> 유자광은 무오년의 옥사를 주창하고 다시
> 갑자년의 사화를 일으켜 사대부가 다 죽고 종사가

거의 뒤집어질 뻔했는데도 목숨을 보전해 천명대로
살게 되었으니, 유배지에서 죽더라도 나라를 그르친
자의 경계가 될 수 있겠는가?

중종 2년 5월 1일

사림이 결국 조선의 중심세력으로 등장하면서 조선 초 사림
을 탄압했던 왕과 그 신하들은 이후 모든 기록에 오명으로
남습니다. 그러나 만약 사림이 집권에 성공하지 못했다면 어
떻게 됐을까요. 그 경우엔 또 다른 방식으로 이름과 기록이
남았겠지만 역사가 발전한다는 말이 사실이라면 전해져야
할 진실은 그대로 전해졌을 테지요.

역사가 시간의 차이를 두고 놀랍게도 똑같이 반복되는 것은
결국 사람의 이성이란 게 언제나 제대로만 동작하지는 않는
다는 것을 보여주는 것이 아닐까요.

사람이 행동하도록 만드는 것은 양심과 가치관이지만 때로
는 이기심보과 탐욕이 더욱 억센 행위의 원인으로 작용한다
는 것도 역사를 통해 알 수 있는 일입니다. 이성에 어긋난 역
사가 다시 만들어지는 걸 피하기 위해 과거를 통해 현재를
반성해야 하는 게 역사를 제대로 이해하는 것일 테지요.

진부한 경구 하나 소개합니다.

"역사는 과거와 현재의 끊임없는 대화이다."

영국의 역사학자 에드워드 카(E.H.Carr)의 '역사란 무엇인가' 중에서

적국에서 드날린 조선 왕자들의 기개

글로벌 엘리트
소현세자(昭顯世子),
민족의식에 눈 뜬
흥영군 이우(興永君 李鍝)

그때 이랬다면 어땠을까 하고 이미 지나가버린 역사를 다시 가정하는 것만큼 의미 없는 일은 없다지만 언젠가 이런 설문 결과를 한 번 본 적이 있습니다.

역사교사를 대상으로 한 조사였는데 조선 후기에서 가장 부활시키고 싶은 인물 1위로 인조의 맏아들 소현세자가 뽑혔습니다. 아버지 인조에 의한 독살설이 유력하게 제기되고 있는 소현세자가 만약 정상적으로 왕위에 올랐다면 아마 그가 만든 조선은 지금 기록에 남아 있는 조선과는 대단히 달라졌을 것입니다.

조선의 권력층 가운데 본격적으로 서양 문명을 접하고 조선을 바꿀 신문물, 신문화의 신세계를 목격한 사람. 독일에서 온 서양인 선교사 아담 샬과도 각별한 교분을 나눴던 소현세자는 우리나라 최초의 글로벌 엘리트였으며 최초의 천주교 신자였을 수도 있습니다.

그는 전쟁에 진 나라의 왕자로 청나라에 끌려가 9년간의 볼모 생활을 하지만 그 시기는 조선이 우물 안 개구리에서 벗어나 새로운 세상을 배우는 기회였습니다.

조선의 개혁을 위해 모든 것을 준비하고 귀국했지만 결국 그를 맞은 것은 아버지의 의심으로 인한 온 가족의 죽음이었습니다.

볼모로 붙잡혀왔으되 조선 왕자로서의 기백을 잃지 않고 다시 조국의 부흥을 준비하던 그는 고국에 돌아온 지 두 달 만에 어이없이 세상을 떠나야 했습니다.

1623년 광해군을 몰아낸 반란군은 능양군 이종을 새로운 조선 국왕으로 옹립합니다. 조선 16대 임금 인조입니다. 반정으로 왕위에 오른 그가 죽는 날까지 가장 두려워한 것이 '(왕위를 찬탈해 임금 자리에 오른) 나와 같은 불행한 임금이 다시는 생겨서는 안 된다'는 것이었습니다.

언제 나도 반란에 의해 축출될지 모른다는 그의 트라우마에 불을 지른 것은 이괄의 난이었습니다. 도성으로 진격해 인왕산에 진을 치고 창경궁을 불태우기도 한 이괄의 난은 조선을 통틀어 가장 위협적이었던 쿠데타 시도였습니다. 인조는 그때 공주로 도망가서 호위군이 오기를 눈이 빠지게 기다리고 있던 처지였습니다.

이괄이 도성으로 반격한 관군에 패배 물러난 뒤 자멸하자 다시 환궁한 인조는 반정의 재현은 언제든 가능할 수 있다는 두려움을 갖게 됩니다.

명나라가 청나라로 바뀌는 시대의 흐름을 타지 못한 조선은 병자호란으로 임란에 이어 다시 한 번 나라가 유린당하고 인조의 아들들인 소현세자와 봉림대군은 청나라 심양으로 볼모의 길을 떠납니다.

소현세자는 처음에는 전쟁에 패한 나라의 인질 신세로 청나라 정부의 홀대를 받았지만 그의 능력과 인품에 감화된 청은 소현세자를 점차 패전국의 인질이 아닌 조선의 청나라 주재 대사로 예우합니다.

조선의 인조는 청나라의 이러한 태도 변화가 불안해집니다.

청은 과거 몽고가 고려왕들을 여러 차례 폐위시킨 일을 상기시키며 자신들의 요구를 강압적으로 관철하려는 외교 전략을 취하는데 안 그래도 반정 트라우마가 있는 인조는 청에 의해 자신이 폐위되고 소현세자가 왕위를 잇는 상황을 극도로 우려하기 시작합니다.

이런 상황에서 청은 결국 북경을 점령하고 명나라 마지막 황제 숭정제는 자살로 생을 마감합니다. 이제 조선이 자신들의 등 뒤를 칠 우려를 털어내자 청은 소현세자를 고국으로 돌려보냅니다. 소현세자의 운명을 가른 1645년의 일입니다.

소현세자가 창경궁 환경전에서 세상을 떠난 날은 1645년 4월 26입니다. 실록에 기록된 그의 병명은 '학질'로 되어 있습니다. 그러나 실록에는 또 하나의 의미심장한 기록이 있습니다.

> "진원군 이세완의 아내가 염습에 참여하고 난 뒤
> 그 시신이 온통 검은 빛이었고 얼굴의 이목구비에서
> 모두 피를 흘리고 있어서 마치 약물에 중독되어 죽은 것
> 같았다고 했다."

학질에 걸렸다고 해도 피를 토하고 죽는 일은 들어본 바가 없습니다. 인조실록의 이 기록은 소현세자가 독살됐음을 입증하고 있습니다. 그가 독살됐다면 소현세자를 의심한 인조가 당장 용의선상에 떠오릅니다.

그 뒤 인조는 소현세자비 강 씨도 자신의 후궁이 먹을 음식에 독을 탔다는 혐의로 사약을 내려 사사하고 왕위 계승 1순위인 소현세자의 맏아들과 다른 두 아들을 모두 제주도에 유

배보냅니다.

어머니까지 잃은 그 아들들이 천리 유배 길을 떠날 때의 나이는 만이가 12살, 둘째가 8살, 막내가 4살이었습니다. 만이와 둘째는 결국 제주도에서 죽었고 막내만 겨우 살아남았습니다.

왕조국가에서 왕이 됐어야 할 1순위지만 왕이 되지 못했다면 결과는 죽는 것뿐입니다.

인조는 후계자 효종의 권력 안정을 위해 그랬다고 할 테지만 할아비가 손자들에게 저지를 짓이라고는 상상할 수조차 없는 일입니다. 그 자신이 '폐모살제를 저지른 패륜의 광해군을 몰아낸다'는 명분으로 옥좌를 차지한 사람이라면 더욱 그렇습니다.

인조는 아들과 며느리와 손자들의 살육을 저지른 지 2년 만에, 소현세자가 죽은 뒤로는 4년 만에 그 자신도 병으로 세상을 뜹니다. 그의 나이 55세. 1949년 5월의 일입니다. 4년간의 왕위 때문에 자식들을 몰살시킨 셈입니다.

소현세자는 청나라에서 많은 일을 해냈습니다. 그가 서울을 떠나 청나라 심양에 도착한 것은 1637년 4월입니다.

청나라는 처음엔 자신들의 상황을 조선에 보고하고 명에도 이것이 흘러들어 가지 않을까 하는 우려에 세자를 엄중히 감시하고 반첩자 취급을 했습니다.

세자 일행은 심양에서 새로 지은 심관이라는 곳에서 생활했는데 이 심관은 조선대사관 역할을 했습니다. 의심하던 청도 세자가 적극적으로 고관들과 친분을 쌓으며 양국 간 연락 사무 등의 역할을 해내자 세자와 심관을 공식적인 대조선 외교 창구로 인정합니다.

세자가 가장 노력한 것은 포로의 송환 문제였습니다. 그러나 전쟁통에 끌려온 조선인들을 고국으로 돌려보내는 데는 청과의 힘든 외교교섭은 물론이고 막대한 자금 역시 필요했습니다. 그래서 세자는 세자빈 강 씨와 함께 청과의 무역과 둔전에도 적극적으로 나섭니다. 이때 경영적 수완이 뛰어났던 강 씨가 세자에게 큰 도움이 됐던 걸로 알려지고 있습니다.

소현세자는 또 청나라의 파병 요구에 항상 시달려야 했습니다. 군사를 보내라, 군량과 무기를 보내라 등 청은 시시때때로 세자를 괴롭혔습니다. 그러나 소현세자는 그동안 구축한 정치권 네트워크를 통해 이를 적절히 무마하기도 하고 요구를 최소화하기도 했습니다.

심양에서 세자가 홀로 청나라에 맞서 외교 전쟁을 벌이는 동안 조선은 그 덕분에 차근차근 전후 붕괴된 경제기반을 회복해 나갈 수 있었습니다.

청나라가 결국 명의 수도 북경을 점령한 뒤 소현세자도 북경으로 무대를 옮겼습니다. 그때 세자는 서양 선교사 아담 샬을 만납니다.

세자가 북경에 오래 머무르진 않았지만 이 두 사람의 만남은 짧고도 강렬했던 것 같습니다. 세자는 푸른 눈의 외국인 선교사에게 그들의 문화와 종교를 배웠고 여러 신문물을 익혔습니다.

특히 세자는 천주상을 보고 마음의 평안을 얻었다고 하는 등 천주교에 대해 대단한 관심을 넘어 신자가 되었을 가능성도 엿보입니다. 아담 샬도 세자에게 각종 천문 관측기구, 종교 서적 등을 선물하며 편지를 주고받는 등 세자와의 교분을 쌓으려 노력했습니다.

아담 샬은 1622년 중국에 와서 천문과 역법 분야에서 전문성을 인정받으며 청나라의 천문관청인 흠천감의 책임자를 맡기도 하는 등 정부 고위직에도 올랐던 인물입니다.

아담 샬은 소현세자를 통해 조선에도 천주교를 전파할 수 있을 것으로 생각했고 소현세자도 귀국 뒤에 서양서적을 만들어 신문물을 알리겠다고 화답했습니다. 세자는 또 귀국할 때 조선에도 서양인 신부를 파견해달라고 요청하기도 했습니다. 그러나 파견 갈 신부가 부족했던 중국 천주교는 결국 천주교 신자인 중국인 환관을 세자의 귀국길에 동행시켰습니다.

신세계를 경험하고 중화 사대주의에 빠져 헤어나올 줄 몰랐던 조선을 획기적으로 개혁할 준비된 차세대 지도자는 그러나 귀국 두 달 뒤 뜻을 제대로 펼쳐보지도 못한 채 비극적인 최후를 맞습니다.

소현세자가 조선의 17대 국왕이 됐다면 그 뒤 조선은 어떤 운명을 맞았을까요. 역사에 가정은 무의미하다는 건 알지만 그 여부를 떠나서 정말 궁금한 대목이 아닐 수 없습니다.

1645년 소현세자가 안타깝게 세상을 떠난 뒤 조선은 결국 1910년 멸망합니다.

일대의 기회를 허망하게 잃어버린 뒤 265년가량을 더 허비하다가 결국 나라가 역사에서, 지도에서 사라지는 순간을 맞습니다.

그렇지만 그때 조선의 황실에도 적국 일본에서 의기를 떨친 왕자가 한 분 있습니다. 고종황제의 다섯째 아들 의친왕의 차남인 흥영군 이우입니다.

그는 강제로 일본 육사에 보내져 일제 장교의 군복을 입게 됐지만 일본인과의 결혼 강요를 뿌리치고 조선인 여성과 결혼했으며 끝까지 일제에 고분고분하지 않았던 의기를 보였습니다.

그는 사실 대단한 항일운동을 펼친 것은 아닙니다. 사생활조차도 제약받았을 그가 이렇다 할 활동을 하기는 사실 불가능한 일이라고 보입니다. 그러나 그가 어릴 때부터 대한제국의 왕자로서 마음속 깊이 반일정신과 독립의지를 갖고 있었던 것은 분명해 보입니다.

태평양전쟁 말기 중국 전선에 배치되어 있던 그가 중국에서 활동하던 조선의용군을 은밀히 지원했다는 주장도 있습니다. 하지만 일제에 의해 항상 삼엄한 감시를 받아야 했던 그에게는 독립운동 지원 사실을 입증할 만한 사료와 기록은 남아 있지 않습니다. 다만 평소 그를 간섭하고 통제하던 일제에 어떤 태도를 취했는지를 보면 그의 항일 의지를 짐작할 수 있습니다.

그는 우선 다른 황실 종친들이 일본인 여성과 결혼한 것과 달리 조선 여성과의 혼인을 강력히 주장해 관철시켰습니다. 일본 궁내성과 조선총독부는 황실의 미혼 자녀들을 모두 일본 왕족이나 귀족 가문과 결혼시키려는 정책을 추진했습니다. 정략결혼을 통해 황실 가문 역시 '내선일체화'하려는 시도였습니다.

다른 황실 종친들이 이에 따라 일본인과 결혼하던 때 그는 이를 극렬히 거부하고 조선 여성과 혼인할 방법을 찾았습니다. 그는 결국 친아버지인 의친왕과 장인이 된 박영효의 지원을 받아 박영효의 둘째 서자 박일서의 딸인 박찬주와 1935년에 결혼식을 치렀습니다.

일제는 이우의 배우자로 백작 야나기사와 야스츠구의 딸을 정해 놓고 있었습니다. 이우는 이에 맞서 조용히 조선인 신부를 구하던 중에 아버지 의친왕이 소개한 박영효의 서손녀 박찬주와 혼약을 맺습니다.

이우는 신부댁으로 사주단자와 약혼반지를 보내고 당시 황실관청이던 이왕직의 책임자 한창수에게 이미 혼약이 이루어졌다고 통보합니다. 이왕직은 일본 왕의 허가 없이 혼약이 진행됐다고 주장하면서 이를 취소할 것을 요구합니다.

이때 장인이 된 박영효가 나섭니다. 그는 우선 혼약이 취소된 것처럼 하고 일본으로 가서 일본의 정관계 인사들을 접촉합니다. 결국 박영효의 로비가 먹혀들어 일본 궁내성과 이왕직은 결혼요청을 받아들이게 됩니다.

이우는 일찍부터 민족의식에 눈뜬 것으로 보입니다. 그와 일본 육사 동기생인 일본 왕족 아사카 다케히코는 "이우는 조선이 반드시 독립해야 한다는 생각을 갖고 있었다. 이 때문에 결코 일본인에게 뒤지거나 양보하는 법이 없었다. 무엇이든 이기려고 노력했다"고 증언했습니다.

아사카는 또 "그는 화가 나면 조선말로 소리쳤다. 싸우면 조선어를 쓰니까 무슨 말인지 알아들을 수가 없었다"고 말했습니다.

또 이우가 조선에 오면 머물렀던 운현궁의 일본인 관리는 "조선은 독립해야 한다는 의지가 강해 일본 육군에서 무척 신경을 썼다"고 전하기도 했습니다.

영친왕비 이방자는 "이우 공은 일본에 저항적이어서 일본 것에 대하여 병적이라고 할 만큼 싫어했고 일본 음식도 싫어했으며 일본이 간섭하는 것에 사사건건 반발했다"고 술회했습니다.

개인적인 저항이었지만 뚜렷한 독립의지를 갖고 있었던 이우는 그러나 1945년 해방을 단 며칠 앞두고 안타까운 죽음을 맞습니다.

1945년 6월 10일 중좌로 진급된 이우는 서울 운현궁에 머무르고 있었는데 일본으로 복귀하라는 육군의 명령을 받습니다. 패망이 멀지 않았음을 예감하고 있던 이우는 일본으로 가지 않으려 저항했지만 결국 1945년 7월 16일 일본 도쿄에 도착했으며 이후 부임지인 히로시마의 일본 제2 총군 참모 본부로 향합니다.

운명의 그 날 8월 6일 아침, 이우는 말을 타고 출근하다가 도심 중앙의 후쿠야 백화점 부근에서 미국이 투하한 원자폭탄에 피폭되어 실종됩니다. 오후에 부근 다리 아래에서 피투성이로 발견된 그는 급히 인근의 해군병원으로 후송됐지만 다음날인 8월 7일 새벽 결국 사망합니다. 일본에 의해 구속되고 억압받았지만 굳센 독립 의지를 간직하던 대한제국의 왕자가 갔던 안타까운 마지막 길이었습니다.

2007년 한겨레21은 특종기사를 하나 전합니다.

〈조선 황족 이우, 야스쿠니에 있다〉
'영세부봉안제서류철'(이우공 합사제 서류 포함)
소화 34년 10월 - 소화35년 10월
이우 공은 소화 20년 8월7일 히로시마에서 전몰했다.
34년 10월7일 초혼식을 집행하여 상전에 합사하였고
17일 4만5천여 명의 육해군 군인, 군속과 함께 본전

정상(正床)에 합사하게 되었다. 본 철은 이에 관한 자료가
중심이 되고 있다.

이 보도가 나가자 당시 여론은 들끓었습니다. 그렇지만 아직
야스쿠니가 '사망 당시 일본 군인의 신분이므로 합사는 당연
하다'는 입장을 바꿨다는 얘기는 없습니다.

대한제국의 황실 후손이 일본 군인의 신분으로 미국의 폭탄
에 숨진 것도 안타깝기 그지없는데 그의 혼백은 아직도 일본
의 손에서 해방되지 못하고 있는 셈입니다. 나라 잃은 슬픔
은 끝을 알 수가 없고 그 상처는 아직도 현재진행형입니다.

이우가 세상을 떠나던 6개월 전, 똑같이 해방을 눈앞에 두고
안타까운 죽음을 맞은 윤동주의 시를 덧붙입니다. 이국에서
항상 고향을 그리워하면서도 의기를 잃지 않았던 시인과 소
현세자와 이우의 마음은 모두 하나로 똑같았을 것입니다.

〈하늘과 바람과 별과 시〉
죽는 날까지 하늘을 우러러
한 점 부끄럼이 없기를
잎새에 이는 바람에도
나는 괴로워했다.
별을 노래하는 마음으로
모든 죽어가는 것을 사랑해야지.
그리고 나한테 주어진 길을
걸어가야겠다.
오늘 밤에도 별이 바람에 스치운다.

임진년 순왜(順倭)가 일제 친일파에 묻다

우리 국민은 문맹자도 많고
경제 자립도 어려워 일본과 싸워
이길 힘이 없습니다. 나는
민족을 위해 친일을 했소.
-

춘원 이광수

일본이 그렇게 쉽게
항복할 줄은 몰랐다.
몇백 년은
갈 줄 알았다.
-

미당 서정주

임진왜란 당시 조선 국왕 선조가 최종적으로 가고자 했던 피난지는 요동 땅이었습니다. 임금이 나라를 버리고 명나라에 망명하고자 했던 것이죠.

유성룡 등 당시 중신들의 격렬한 반대와 중국의 떨떠름한 태도로 인해 결국 선조의 중국 망명은 실현되지 않았지만 만약 그의 희망이 이루어져서 조선이, 국왕이 사라지고 없는 나라가 됐다면 나라의 국토가 온전히 보존됐을지는 알 수 없는 일입니다.

선조가 나라를 포기할 정도로 겁을 집어먹은 것은 판을 뒤집을 만한 가능성이 보이지 않았기 때문입니다. 조그마한 희망이라도 있다면 그도 어떻게든 버텨볼 생각을 했겠지만 파죽지세로 밀고 올라오는 왜병들의 기세를 도저히 막을 방법이 없다고 생각하게 된 것이죠.

선조가 이런 판단을 하게 된 것은 조선군대와 비교가 안될 정도로 막강한 왜군의 전투력이 가장 큰 이유였겠지만 또한 가지 조선 백성들도 그런 왜군을 돕고 있다고 생각한 것도 영향을 미쳤습니다. 선조수정실록 1592년 5월 4일 기사를 보면 이런 대목이 나옵니다.

> "상(임금)이 하문하기를, '적병이 얼마나 되던가? 절반은 우리나라 사람이라고 하던데 사실인가?' 하니 윤두수가 아뢰기를 '그 말의 사실 여부는 모르겠습니다' 하였다."

선조는 부산에 상륙한 왜군이 별다른 저지를 받지 않고 서울까지 진격해 온 것은 무엇보다 백성들의 호응 때문이라고 의

심하고 있었고 또 서울에 침입한 왜적 군대에 상당수의 노비
들이 가담했다는 얘기를 듣고 이를 대신에게 확인한 것입니다.

선조는 전쟁 초기 양상을 보고 이미 대세는 기울었다고 결론
짓고 이후로는 중국으로 도망칠 궁리를 계속하는데 대신들
이 그런 선조에게 눈물로 호소합니다.

특히 유성룡은 요동으로의 망명을 적극 반대하면서 "만약
임금이 조선을 한 발짝만 떠난다면 조선은 우리 땅이 아니게
된다"고 주장합니다. (선조수정실록 25년 5월 1일 자)

보다못해 선조를 호종하던 대간들도 나섭니다.

> "삼가 생각하건대, 국운이 극도로 비색하여 왜구가
> 쳐들어옴에 각 고을이 모두 소문만 듣고도 무너지는
> 판국입니다. 백만 생령들의 희망은 오직 전하의 행동
> 여하에 달려 있는데 수당지계를 생각하지 않고 경솔히
> 파천의 계획을 세우셨습니다. 행궁의 참담함과 형색의
> 처량함은 저 천보(중국 당나라 현종시기 연호) 연간에 있었던

안녹산의 난리 때보다도 심합니다. (중략)

당당한 죽음으로써 (왕도를) 지켰어야 하는데 마치
헌신짝처럼 버린 소인배의 죄악이 이미 가득찼는데도
그를 보호하기에 급급했으며, 묘당의 대신들은 오직
안일을 일삼아 형적을 피할 뿐 다시 충의를 발휘하여
떨쳐 일어날 생각은 아예 갖지 않고 있습니다. 이
모두가 기필코 지키겠다는 전하의 확고한 뜻이 없는
데서 비롯된 것입니다. 이것이 바로 신들이 가슴을 치며
통탄하는 까닭입니다."

선조수정실록 25년 5월 9일자

왕이 흔들리니 나라가 제대로 지켜질 리가 없지 않으냐는 이
호소는 당시 대사간 이헌국, 대사헌 김찬, 집의 권협, 장령 정
희번, 이유중, 지평 박동현, 이경기, 헌납 이정신, 정언 황붕,
윤방 등이 선조에게 연명으로 올린 것입니다.

평소 같았으면 삼사의 수장을 포함해 대간 전원이 연명해서
올린 정도의 무게감을 갖는 통렬한 조언이자 비판입니다.

그러나 선조는 이같은 절절한 호소와 탄원에도 중국망명 결
심을 포기하지 않습니다. 의주에 다다른 뒤에도 그의 관심사
는 어떻게 압록강을 건너 중국으로 들어갈 것인지 뿐이었습
니다.

그런 왕에게 유성룡과 윤두수 등 중신들은 다시 국왕이 조선
에 남아 있어야 싸움도 이길 수 있다고 항변합니다.

"지금 비록 왜적들이 가까이 닥쳐왔지만 하삼도가 모두
완전하고 강원·함경 등도 역시 병화를 입지 않았는데,
전하께서는 수많은 백성들을 어디에 맡기시고 굳이
필부의 행동을 하려고 하십니까."

선조수정실록 25년 6월 24일 기사

그 무렵 선조는 이순신 등 조선군의 승전소식을 보고받습니
다. 그럼에도 그는 싸울 생각보다는 어떻게 안전하게 중국으
로 들어갈 것인가에 골몰합니다.
그가 중국 망명을 접기로 결심하게 만든 것은 이순신 군의
승전도 아니고 의병의 잇단 궐기도 아닌 중국 측의 사실상의
입국 거부였습니다.

명나라는 요동행을 요청하는 선조에 대해 "조선왕이 강을
건너 피난을 온다면 관전보(의주 바로 위쪽 국경접경지)로 오되 인
원은 왕가 일족과 신하와 호위군사를 모두 합쳐 100명을 넘
지 말라"고 답신합니다. (선조수정실록 25년 6월 26일 기사)

명의 속내는 '조선왕을 따라 난민들이 요동으로 몰려들면 혹
여 왜군이 따라 진격해올 가능성이 크니 인원을 최대한 줄이
고 머무는 곳도 조선과의 국경 근처로 한다' 이것이었습니다.

선조는 중국 내륙 깊숙이 피해 들어가고 그 뒤를 명나라군대
가 막아주기를 원했지만 중국이 생각한 것은 전혀 그런 그림
이 아니었고 혹시라도 자신들의 영토에서 전쟁이 벌어지는
것을 꺼렸던 것입니다.

선조로서는 중국으로 가는 거나 그대로 의주에 남아 있는 것

이나 별반 차이가 없게 됐고 결국 그는 중국행을 '강제로' 포기 당할 수밖에 없었던 셈입니다.

임란의 초기 양상은 선조가 중국으로라도 도망가야겠다고 마음을 먹을 만큼 조선의 일방적인 패퇴였습니다. 거기다 조선 백성 상당수가 왜군에 가담하고 있었다는 것도 어느 정도 사실입니다. 왜군의 협력자 이른바 '순왜'가 전쟁 초기 상당수 생겨난 것입니다.

국경인과 김수량 등은 선조 일행과 별도로 분조를 이루어 함경도 일대에서 의군을 모집하던 임해군과 순화군 두 왕자를 붙잡아 가토 기요마사에게 넘깁니다. 왜군에 적극 협력한 '순왜'의 극단적 사례입니다.

국경인은 원래 전주에서 살다가 회령으로 유배되었고 이후 회령부의 아전으로 들어갔습니다. 그는 가토 부대가 함경도로 진격해오자 임해군과 순화군 그리고 왕자들을 호종했던 관리들을 가토에 넘기고 판형사제북로라는 이름의 관직에 봉해져 회령 일대를 통치합니다.

함경도의 임해군 분조는 그 지역 백성들로부터 원성이 컸습니다. 의군을 모집한다는 미명하에 백성들을 수탈하고 공물을 횡령하는 등 온갖 행패를 부리다가 국경인에 의해 왜군에 넘겨진 것입니다.

전쟁이 일어나자 특히 노비 등 천민계층을 중심으로 해서 적극적으로 왜군에 협력하는 현상이 나타납니다. 신분사회에서 최하층이었던 이들은 현재적 의미의 '조국' 혹은 '민족'

'애국심'이라는 개념이 거의 없었습니다.

나라에서 받은 게 없으니 나라에 의무도 없었고 나라의 주인이 누가 되느냐보다는 어떤 주인이 더 나은 생활을 보장해줄 수 있느냐가 그들의 관심사였습니다. 왜적 군대에 협력해서 보상을 받고 목숨을 구해 더 나은 삶을 살 수 있게 되는 것이 중요하지 이 한 몸 바쳐 내 나라를 지켜야 한다는 관념 자체가 희박했던 것입니다.

선조와 양반들이 버리고 도망간 텅 빈 서울에 마지막 남은 것도 이런 노비들이었고 궁궐과 형조와 장례원(노비문서를 보관하던 관청)이 불탄 것도 이들 노비의 손에 의한 것이었습니다. 전쟁 초기 노비들이 순왜가 되는 것은 사실상 막기 어려운 일이었습니다.

일제강점기 친일파들은 해방 이후 자신들의 민족반역 행위에 대해 '어쩔 수 없었던 선택' '그 당시 중산층은 다 친일' 등의 논리를 들어 스스로를 옹호하는 경우가 있었습니다. 임진년 순왜들의 처지를 빗대 자기 변호의 논리로 동원했던 것입니다.

해방 후 친일부역자를 조사하고 처벌하기 위해 설치된 반민족행위특별조사위원회(반민특위)에 체포돼 유죄판결을 받은 춘원 이광수는 최종변론에서 이렇게 말합니다.

> "우리 국민은 문맹자도 많고, 경제자립도 어려워 일본과
> 싸워 이길 힘이 없습니다. 나는 민족을 위해 친일했소.
> 내가 걸은 길이 정경대로는 아니오마는 그런 길을 걸어

열심히 친일하던 시기에는 그것이 '민족을 위한 친일'이라고
는 꿈에도 생각해보지 않았을 그는 아마도 나라가 해방되어
자신이 이렇게 목숨을 구걸하는 비참한 궤변을 늘어놓게 되
리라는 것도 생각하지 못했을 것입니다.

3.1혁명에서 민족대표 33인 가운데 한사람이었던 최린은
"민족대표 한 사람으로 잠시 독립에 몸담았던 내가 이곳에
와서 반민족 행위의 재판을 받는 그 자체가 부끄러운 일이
다. 광화문 네거리에 사지를 소에 묶고 형을 집행해 달라. 그
래서 민족의 본보기로 보여야 한다"고 참회했습니다.

그러나 최린 같은 사람은 극히 적었고 부역자들 대부분은 이
광수와 같은 논리로 반성 없이 처벌을 피하기만 바빴습니다.

반민특위의 재판정에 끌려 나온 이들의 항변 중에 눈여겨볼
것은 시인 다쓰시로 시즈오, 한국 이름 서정주의 변명입니다.

> "일본이 그렇게 쉽게 항복할 줄은 꿈에도 몰랐다. 몇
> 백 년은 갈 줄 알았다. 이것은 우리 민족 절대다수의
> 실상이었다."

일본이 더 오래 갈 줄 알았다는 다쓰시로의 고백에서 우리는
선조가 왜 그렇게 중국으로 탈출할 생각만을 했는지 비로소
알 수 있게 됩니다.

'조선은 이미 끝났다' 이것이 선조와 후일의 친일파들이 공

통적으로 자신들의 나라 조선에 대해 내린 정세 판단입니다.

나라는 이미 망했고 이제 남은 길은 변화된 상황에서 여태까지의 누리던 부와 권력과 영화를 계속 지킬 방법을 찾는 것, 그렇게 마음먹은 이들의 눈에 이순신의 승리가 들어올 리 없고 임시정부와 만주벌판의 항일 독립운동가들이 보일 리가 없었을 것입니다.

이들은 임진란이나 일제강점기 보통사람들의 '순왜'와는 다르게 봐야합니다. 그들 말대로 노비나 하층민들은 살기 위해 순왜가 되고 친일이 되었다지만 일제시기 지식인들은 그들의 생존이 아니라 권력 획득과 사적인 이익추구를 위해 친일을 했기 때문입니다. 일본의 패망이 가까워질수록 친일 지식인들이 더욱 열성적으로 조선 청년들을 태평양전쟁으로 내몬 것은 그들의 이익과 일본 제국주의의 번영이 사실 똑같은 것이었기 때문입니다.

나치 독일에서 프랑스가 해방된 뒤 학자와 문인, 언론인 등 부역 지식인들부터 무겁게 처벌한 이유에 대해 드골은 이렇게 설명했습니다.

> "언론인들은 도덕적 양심의 상징이기 때문에
> 첫 심판대에 올려 가차 없이 처단할 수밖에 없었다."
> 드골 평전

미국에서 노예가 해방되고 조선에서 노비제도가 혁파되었을 때 모든 노예와 노비들이 이를 반기고 환호한 것은 아닙니다. 오히려 상당수의 노비는 노비제가 없어지는 것을 두려

위했습니다.

노비들은 주인이 먹여주고 재워주고 결혼도 시켜주고 하는데 그런 주인이 없어지면 이제 당장 어떻게 살아야 하나 하는 절박감 때문에 새로운 변화를 두려워 한 것입니다.

적응과 안주의 현실이 사람을 마음속으로부터 노예로 만듭니다. 그런 노예생활을 거부하고 독립을 위해, 승리를 위해 싸웠던 이순신과 임란의 전쟁영웅들, 그리고 일제시기 항일운동가들이야말로 '자유로운 영혼들'이라 할 수 있겠습니다.

그리고 안락한 현재의 삶을 더 연장하고자 일제에 부역한 권력자들, 청년들을 전쟁터로 내보내고 침략을 미화하고 찬양하는 글을 쓴 작가와 언론인 등 지식인들은 겉으로는 연미복을 입은 화려한 인생이지만 실제로는 노예 같은 속박의 삶을 산 비루한 인생들일 것입니다.

2

우리가 몰랐던
국보이야기

항상 곁에 있지만 지금 보이는 것만이
다가 아니었다. 그들이 우리에게 오기까지
거쳐야만 했던 그 험난한 여정을 되짚다.

———

천 년을 묻혀있던
고통을 아시나요

라2 1

만약 그때 제가 발굴되지 못했다면
아마 저는 아직도 주차장이나
전시관 같은 걸 머리에 이고
가쁜 숨을 쉬고 있었을 겁니다.
-

백제 금동 대향로

'이 성당에 그런 스토리가 있었구만 그랴…' TV 프로그램 '꽃보다 할배' 스페인 편에서 배우 박근형이 바르셀로나의 사그라다 파밀리아 성당에 들어서면서 한 말입니다. 거장 가우디의 사연, 후원자 구엘과의 인연, 안타까운 그의 죽음, 그가 죽기 전 심혈을 기울인 성당 조각에 얽힌 의미 등을 가이드한테 설명 들은 뒤 보인 반응이죠.

글쎄요. 가우디의 성당이 만약 우리나라에 있었다면 우린 그성당에 대해서 뭘 이야기하고 있었을까요. '성당이 몇 세기에 지어졌고 무슨 양식이고 최대 높이가 얼마고 기둥이 몇개고 이건 아시아에서 최대 규모야' 이런 거를 알리고 배우고 있지 않을까요. 이젠 스토리가 갖는 힘이 얼마나 파워풀한지 다들 알고 있는 시대죠. 스토리텔링이라는 게 산업이되는 시대니까요.

우리한테도 세계적인 문화재가 없는 게 아니건만 우리는 우리 스스로도 그 가치를 100퍼센트 알고 있진 못합니다. 유물의 학술적 가치에만 집중한 나머지 유물의 스토리와 드라마는 그다지 생각을 못 하고 있는 거죠. 그나마 학술적 가치가 '인기 문화재'에 좀 못 미치거나 수도권에서 멀거나 하는 유물들은 그런 조그만 관심조차도 못 받고 있는 경우가 허다합니다.

그래서 이런 얘기를 몇몇 문화재들 스스로의 목소리를 통해서 하소연을 좀 하려고 합니다.

우선 탄생부터 실종, 그리고 재발견까지 모든 게 드라마인 유물이 있습니다. 한번 들어보시죠.

으음… 글쎄 이거 얘기를 어디서부터 시작해야 할지
모르겠네요. 그러니까 내가 태어난 얘기부터 해야 할
텐데 사실 그건 나도 잘 몰라요. 기록이 없기 때문인데
대략 나는 약 7세기 초반에 태어난 거로 되어 있어요.
백제가 웅진(공주)에서 사비(부여)로 도읍을 옮기고
정치적으로나 경제적으로 대단한 안정기에 있을 때지요.
그런 안정기였기 때문에 문화예술이 부흥했고 나도 그런
분위기에서 태어날 수 있었어요.

그런데 내가 태어난 뒤로 햇빛을 보고 지낸 건 사실
얼마 되지 않아요. 백제가 당나라와 신라 연합군에 패해
멸망한 게 660년인데 내가 600년에 태어났다고 해도
사람들과 같이 지낸 건 백제 멸망 전까지인 60년에
불과하거든요. 태어나서 고작 딱 60년 햇빛을 봤을 뿐
나는 그 뒤, 1,300년 이상을 땅속에 묻혀 있어야 했어요.
참 내가 생각해도 정말 기구한 팔자죠. 이제부터 그 얘길
할게요.

나는 원래 백제왕릉 묘역인 부여 능산리의 절에
있었어요. 지금은 이름을 몰라 능산리사지라고만
부르는 절입니다. 그런데 1995년의 발굴조사에서
'백제 창왕 13년(567년)에 정해공주가 이 절을 지었다'는
기록이 발견되었어요. 그러니까 내가 만들어진 시기에
조금 앞서서 절이 우선 만들어졌고 그 뒤 내가 이 절에
모셔졌다고 추측할 수 있지요.

백제 역대 왕들의 능을 모신 곳에서 선왕들을 추모하고
기리는 제사나 의식이 행해질 때마다 내가 사용이

됐지요. 백제 왕실은 물론이고 백제 사람들한테 나는 신물(神物)로 인식이 되었고 왕실의 지엄함과 존귀함의 상징으로도 여겨졌어요. 당나라나 신라, 고구려, 아마 일본에도 내가 알려졌을 거고 백제 문화예술 국력의 집약체로 인정을 받았어요. 그런데 행복했던 날은 그리 길지 않더군요. 그해 660년이 마지막이었지요.

여러분은 나라가 망한다는 게 어떤 건지 아시나요? 아마 겪어보지 않으면 알 수가 없을 겁니다. 인권이니 인간의 존엄이니 하는 개념이 자리 잡은 현재에도 전쟁은 참혹하기 이를 데 없는데 약육강식의 논리, 적을 죽이지 않으면 내가 죽는 논리만이 있었던 그 옛날에는 말할 것도 없겠지요.

어떤 장면을 상상하면 그 끔찍함이 느껴질까요? 영화 '군도:민란의 시대'를 보면 수호지의 양산박쯤 되는 지리산 추설의 본거지가 관군에 의해 침탈을 당하는데 사비가 함락되던 모습은 그보다 수백 배 더 끔찍하고 처참했을 겁니다.

당나라 신라 연합군에 맞서 출병한 백제군이 기벌포와 황산벌에서 패한 게 660년 7월 초순입니다. 사비성이 함락된 게 7월 12일이고요. 7월 12일 그날이 저에겐 가혹한 운명의 날이었습니다.

아군의 패전 소식이 연이어 전해지자 의자왕과 백제 조정은 웅진으로 천도를 결정하고 피난길에 오릅니다. 코앞까지 밀려든 적을 피해 탈출하느라 정말이지 아무도

경황이 없었던 것 같아요. 어지간하면 왕실 보물인 저를
챙겨서 갔을 텐데 절의 스님들은 조정이 옮겨간다는
것도, 적군이 밀려든다는 것도 몰랐던 것 같습니다.

사비성으로 쳐들어온 적군의 한 갈래가 결국 절에도
들이닥쳤습니다. 아무것도 모르고 있던 스님들은 적군을
피해 저를 급히 땅을 파서 숨겼고 그때부터 저는 천
몇백 년간 햇빛을 볼 수 없었습니다. 현실세계에서 역사
속으로 묻히던 순간이었죠.

저의 존재를 아는 적들은 스님들을 닦달하고 행방을
추궁했겠지만 제가 온전히 후대에 전해진 걸로 봐서
저를 아는 모든 분들은 끝내 입을 열지 않았을 겁니다.
원하는 것을 얻지 못한 침략군이 스님들을 어떻게
했을지는 짐작하기 어렵지 않죠. 제가 오랜 세월이 지나
다시 세상에 나오고 대한민국의 국보가 된 것은 왕사
스님들의 숭고한 희생이 있었기 때문입니다.

망한 나라의 수도가 대부분 그렇듯 전란이 끝난 부여와
공주 땅은 수많은 비참한 사연을 남기고 조촐한
시골동네가 됩니다. 그리고 조용히 세상 사람들의 관심
밖으로 사라져 갔습니다. 저 역시 아무도 모르는 비밀을
홀로 간직하고 긴 잠에 빠져듭니다.

제가 잠들어 있는 사이 고려란 나라가 생겼다가 망하고
조선이라는 나라도 생겼다가 망하고 일본에 통째로
나라를 뺏긴 적도 있었죠. 타임머신 영화를 보면 시공을
거슬러 세월이 막 훅훅 지나는 장면 같은 게 나오는데

제가 참 잠을 오래 자긴 오래 잤었군요. 거참.

그렇게 기나긴 세월이 흘러서 다시 제 운명이 바뀐 날은
1993년 12월 23일입니다. 크리스마스를 이틀 앞둔
때였죠. 역사 속에서 머물고 있던 저는 이날 세상으로
나옵니다.

93년 그해는 격동의 해였다고 할 만큼 굵직굵직한
사건들이 많습니다. 한국에서 전현직 군인들의
정부가 끝나고 첫 민간인 정부가 출범한 해였고 북한이
핵확산금지조약 탈퇴를 선언해 지금까지 이어진 북한
핵문제의 시발점이 됐고 또 지금은 일반화된 공직자
재산 공개가 시작된 것도 이때였죠.

그리고 무엇보다도 구포역 열차전복사고, 서해 위도
페리호 침몰, 목포 아시아나 여객기 추락 등 대형 재난이
육해공을 가리지 않았던 참사의 해이기도 했습니다.

또 12월 15일에는 우리나라 쌀시장을 개방하는
우루과이라운드 협상이 타결돼 농민들이 거리로 쏟아져
나와 쌀가마를 불태우고 농업 포기를 선언하는 등
격렬한 반발이 이어지던 와중이었습니다.

세상이 그렇게 돌아가던 때 국립부여박물관이 주도한
능산리 고분군 발굴조사에서 비로소 제가 천 년이 훌쩍
넘는 잠을 깨고 세상에 모습을 드러낸 것이죠.
능산리는 이름에서도 알 수 있듯이 그곳은 백제
왕릉들이 모여 있는 곳이어서 언젠가는 본격적인 조사의

필요성이 있던 지역이었습니다. 고분들 옆으로는 또
부여성의 외성인 나성이 지나가는 곳이었습니다. 나성이
이곳까지 뻗어올 정도로 그 지역이 중요한 지역이었다는
의미죠. 그런데 고분군과 나성 사이에는 13필지가량의
논이 있었습니다. 매년 농사를 지어왔던 사유지라
문화재 당국이나 지자체의 관리는 전혀 이뤄지지
않았습니다.

그런데 정부는 발굴의 목적이 아닌 능산리 고분군
일대의 관광자원 개발을 목적으로 그 13필지의 논을
사들였고 전시관이나 주차장 등을 만들려 했습니다.
우선 그에 앞서 1992년 시굴조사를 했는데 그 결과
땅속에 백제시대 유적이 있는 흔적을 찾은 겁니다.

만약 그때 유적의 흔적을 찾지 못했다면 지금도 저는
땅속에서 주차장이나 전시관 같은 걸 머리에 이고
있었을지도 모릅니다.

다행히 전문가들이 절터 등 심상치 않은 유적의
흔적을 발견했고 그래서 이듬해 본격적인 발굴조사가
시작됐으며 결국 땅속 깊은 진흙 뻘 층 속에 숨어있던
저를 찾게 된 거죠.

제가 발견되기 하루 전날인 22일 해가 서쪽으로 완전히
기운 시간에 발굴단은 여기저기 파헤쳐진 논바닥 가운데
한 곳에서 뭔가 금속성 물체를 발견합니다. 흙 속에
파묻힌 제 몸의 일부가 조금 드러난 겁니다.

발굴단은 흥분에 휩싸여 발굴을 서두릅니다. 일부에선
유물에 손상이 갈까 싶으니 작업을 마무리하고 내일
다시 하자는 의견도 있었지만 당시 발굴책임자였던
신광섭 국립부여박물관장은 야간작업을 해서라도
발굴을 끝내야 한다며 단원들을 독려합니다.

발굴단원들은 주변에 훤하게 불을 밝힌 뒤 단단한
물건으로 퍼내면 혹시라도 손상이 갈까봐 일회용
종이컵으로 한컵한컵 조심스럽게 정성껏 제 주변의 물과
흙을 떨어냈습니다.

차가운 겨울 논바닥에 엎드려서 진흙과 얼음 흙탕물을
뒤집어 써가며 작업했던 그분들. 천 년을 지나온 백제
유물을 드디어 만난다는 발굴단의 흥분과 감격이
고스란히 저한테도 전해지더군요. 결국 23일 새벽 저는
온전한 모습으로 천 년의 세월에서 깨어나 세상에 다시
태어나게 됩니다.

역사적인 순간이었습니다. 학계에서는 무령왕릉 이후
세기의 대발견이라고도 하더군요. 저를 직접 보신
분들은 아시겠지만 저를 보면 '아, 이래서 대발견이라고
하는구나'하고 딱 수긍이 가실 겁니다.

제가 역사 속에 묻힌 것도 드라마였지만 다시 세상에
나오는 과정도 드라마였습니다. 숱한 고비를 거쳤고 그
고비 중에 하나라도 통과하지 못했다면 아마 여러분이
저를 보는 일은 없었을 겁니다. 땅속에서 어서 빨리 나를
찾아주길 얼마나 기도했는지 모릅니다. 다시 되짚어

보니 정말 눈물이 앞을 가리는군요.

제가 모습을 드러내던 그 장면입니다. 뚜껑은 몸체와
따로 떨어져 있고 진흙뻘이 공기의 접촉을 막아줬던
까닭에 그리 큰 부식이나 훼손 없이 완전한 모습으로
제가 나타날 수 있었습니다.

여기까지가 제가 태어나서 끔찍한 풍파를 겪고 오랜
세월을 참고 견디다가 드디어 여러분과 만날 수 있게
된 얘기입니다. 하지만 저는 아직 완전히 여러분께 제
모습을 보여드리지는 못하고 있습니다. 저는 원래가
향로라는 물건입니다. 몸속에서 향을 태워서 그 연기를
뚜껑에 있는 12개의 구멍으로 내보냅니다. 그렇게 향을
피우는 모습이 100퍼센트 저의 모습인데 아마 그 모습을
보신 분은 거의 없을 겁니다. 여기엔 사연이 있습니다.

제가 발견된 뒤 진품은 그대로 두고 모조품을 만들어서
그 모조품에다 향을 피우고 이것을 전시하는 기획을
부여박물관이 한 적이 있었습니다. (이것도 참 오래전 얘깁니다)

금동대향로의 발견 당시 모습

그런데 박물관으로 국가 공공 박물관이 특정 종교의식을
재현하는 것은 문제가 있다는 항의가 들어온 겁니다.
저는 세계 어디 내놔도 자랑스러운 우리나라의 국보
문화재로서 그 본래 모습을 온전하게 보여주고 싶은
건데 그게 왜 특정 종교행사라는 말을 들어야 하는지요.
이게 이해가 안 가는 건 저뿐만은 아니라고 믿습니다.

그런 항의를 받고 향을 직접 피우는 전시는
중단됐습니다. 그래서 저는 제가 진짜 보여드리고
싶은 모습을 전하지 못하고 향로로서의 삶은 중단돼
버렸습니다.

제가 향을 피우는 모습을 보신 분들은 이런 감상평을
주셨습니다. "비가 그친 뒤 맑게 보이는 산봉우리를
휘감아 도는 구름과 안개를 보는 것 같다"

향 피우는 모습을 보여드리는 것 외에도 한 가지 바램이
있는데 제가 중요한 유물인 건 맞지만 그렇다고 근엄만
백배인 유물이 되고 싶지는 않습니다. 제가 7세기 초

유물이다, 백제왕실 제사에 썼다, 저를 보러 박물관에
오신 분들이나 학교에서 배우는 얘기들이 전부 이런
얘기들만 하고 있는 걸 보면 답답한 느낌이 들 때도
있어요.

저에 대한 소개는 대략 이런 식입니다.

"이 향로는 중국 한나라에서 유행한 박산향로의 영향을
받은 듯하지만, 중국과 달리 산들이 독립적·입체적이며
사실적으로 표현되었다. 창의성과 조형성이 뛰어나고
불교와 도교가 혼합된 종교와 사상적 복합성까지 보이고
있어 백제시대의 공예와 미술문화, 종교와 사상, 제작
기술까지도 파악하게 해주는 귀중한 작품이다."

고마운 소개이긴 하지만 저는 제가 지닌 백제 멸망의
사연, 땅속에서 천 년의 세월을 견딘 이야기, 제가 다시
세상에 나오게 되기까지 이런 얘기들로도 사람들을
만나고 싶은 거죠. 그리고 이젠 사람들에게 유물을
보게 하는 방식이 달라졌으면 해요. 저의 역사적 가치,
예술적 가치 이런 거는 전문가들이 논하시고 공부하시고
사람들에겐 저한테 담긴 사연들이 좀 더 알려졌으면
좋겠어요.

제가 7세기 초 작품이라는 걸 전 국민이 알 필요는
없잖아요. 그보다 제가 간직하고 있는 사연들이
사람들한테 감동을 주길 원해요. 그리 어려운 일도
아니잖아요. 그건 전 국민이 알아주셨으면 좋겠어요.
이제부턴 저를 볼 때마다 저를 지키고 숨기기 위해

목숨까지 걸었던 백제의 장인과 왕사의 스님들도 함께
기억해 주시길. 백제가 역사에서 사라지던 순간도
생각해 주시길. 그런 생각으로 저를 보시면 아마 제가
달라 보일 겁니다. 이제부턴 절 그렇게 봐주세요.

금동대향로의 얘기는 여기까집니다. 어떠셨나요.
다음번엔 토함산에 있는 장항리사지 석탑을
만나보겠습니다. 일제강점기에 도굴꾼에 의해
다이너마이트로 탑신이 폭파되는 고통을 겪은
친구입니다. 할 말 많을 겁니다. 아마. 그럼 다음 회에서
다시 만나요.

백제 금동대향로

국보 : 제287호
지정(등록)일 : 1996.05.30
소유자 : 국유
소재지 : 국립부여박물관

안 온 사람은
있어도
한 번만 온 사람은
없지

2+ **2**

신라 고적 가운데 최고라면서
일제는 어떻게 도굴꾼이 저를
폭파하는 지경까지 놔뒀을까요?
-

경주 장항리사지 석탑

일제강점기 1923년은 여러 가지로 기억해야 할 일이 많았던 해였습니다. 종로경찰서에 폭탄을 투척하고 사이코 조선총독 암살을 시도했던 독립투사 김상옥은 1923년 1월 은신처가 발각되어 서울 종로구 효제동 인근에서 일본군경 1,000여 명에 포위당합니다. 김상옥은 그러나 포기하지 않고 민가의 지붕을 뛰어넘으며 무려 3시간 동안 총격전을 벌이면서 포위망을 뚫고 탈출을 시도합니다.

그러나 중과부적으로 탈출이 불가능해지자 그는 남은 총알한 발로 자결합니다. 그의 몸에는 11발의 총알이 박혀있던 상태였습니다.

당시 서울 일대를 벌집 쑤시듯 뒤흔들었던 그의 투쟁은 윤봉길 의사의 홍코우공원 의거와 비견되는 독립운동사의 큰 자취로 남았습니다. 그가 순국한 장소 인근인 서울 대학로 마로니에 공원에는 김상옥의 동상이 서 있습니다.

그해 4월에는 또 포항에서 어민 수백 명이 바다에 수장되는 대참사가 벌어집니다. 고등어 성어기를 맞아 어선 수백 척이

포항참사를 전한 당시 신문기사

몰려들었던 포항항에 갑작스러운 초대형 폭풍이 휘몰아쳐 배와 선원들이 앉은자리에서 몰살당하고 만 것입니다.

당시 사고를 다룬 신문기사 등을 살펴보면 4월 초부터 고등어 잡기에 나서 만선을 누리던 고깃배들은 10일께 폭풍이 거세지자 포항항으로 대피했습니다. 그러나 12일 밤부터 갑작스레 바다에서 육지 방향으로 거센 폭풍우가 들이닥칩니다.

해일이 밀어닥치듯 바깥쪽에 정박 중이던 배들이 폭풍에 휩쓸려 항구 안쪽의 배들을 덮쳤고 조업대기 상태로 선실에 머물고 있던 어부들은 부서지고 깨진 배 안에 갇혀 오도가도 못한 채 그대로 바다에 수장되고 맙니다.

당시 경찰 집계에 의하면 311명이 사망하고 355명이 행방불명됐습니다. 대부분 선주들은 일본인이었고 조선인은 배에 고용된 노동자 신분이었기 때문에 사상자와 행방불명자 상당수는 조선인이었을 것으로 추정됩니다.

포항에서 대참사가 빚어진 며칠 뒤 오늘 소개하고자 하는 장항리사지 석탑도 끔찍한 일을 당합니다. 1923년은 가히 식민지 조선의 사람과 유물이 공히 수난을 겪은 해라 할 만합니다.

4월 28일 일본인 도굴꾼 무리들이 장항리사지의 석탑과 석조불상에 모셔져 있을 사리장치를 훔치기 위해 폭약으로 탑신과 불상을 파괴합니다. 토함산 인근에 예전에는 금광이 있었다고 하는데 도굴범들은 거기에서 쓰이던 다이너마이트 같은 폭약으로 유물을 부수고 그 안의 보물을 훔쳐가려 했습니다. 이들의 만행으로 결국 탑과 불상은 그야말로 박살이 났고 그 안에 어떤 사리장치들이 있었는지 어떤 보물이 있었는지 우리는 영원히 알 수 없게 됐습니다.

여기서 한 가지 짚고 싶은 것은 나라 잃은 백성만큼이나 서러운 나라 잃은 유물들의 서글픔입니다.

위 사진은 장항리사지 탑의 복원공사 시작을 알리는 당시 신문기사입니다. 내용은 이렇습니다.

> 경주오층탑 복원공사 착수(1932. 10. 25)
> -
> 경주군 양북면 탑정리에 있는 오층탑은 신라고적의
> 석탑 중 가장 최고 최미의 대표적 석탑이었으나
> 경주읍을 떠난 원거리의 촌락에 있는 관계상 파손된
> 그대로 두었는바 금번 이것을 개수하고자 지난
> 21일부터 동경제국대학 조교수 '등도 박사'의 감독하에
> 복원공사에 착수하얏다 한다.

스스로도 신라고적 석탑 가운데 최고이며 최미라고 할 만큼 이미 그 시대에 역사적 예술적 가치를 알고 있었던 셈인데 그런 유물을 어떻게 도굴꾼이 폭파하는 지경에 이르도록 방치할 수 있었던 걸까요.

보수공사가 시작된 시기도 안타까움을 자아냅니다. 공사 착수가 1932년인데 1923년에 탑이 부서진 뒤 무려 9년이 지나서야 보수공사가 시작된 겁니다. 9년 동안 장항리사지 탑은 아무런 돌봄을 받지 못한 채 그 긴 시간 동안 버려져 있었다

는 얘깁니다. 9년이면 강산도 9할이 바뀌는 시간입니다. 그 기간 동안 당연히 훼손이 더욱 심해졌겠죠.

또 탑이 경주읍에서 멀리 떨어진 촌락에 있었기 때문에 그대로 두었다는 기사 내용을 보면 결국 거리가 멀어서 수리를 안 하고 내버려뒀다는 얘기인데 일제 당국이 우리 유물을 어떤 수준으로 인식하고 있었는지가 그대로 드러납니다.

장항리사지의 두 석탑입니다. 왼쪽의 탑이 국보인 서오층석탑이고 탑 날개만 포개놓은 탑이 동오층석탑입니다. 동탑은 훼손과 멸실이 너무 심해 국보가 되지 못했습니다. 통일신라에서 태어났으나 일제강점기 식민지 시대의 고통도 간직하게 된 장항리사지 석탑의 이야기입니다. 만나보시죠.

> 반갑소. 먼젓번 금동대향로는 말투가 좀 고상한데 난 좀
> 그렇지가 못해서 미안하네. 근데 그 친구는 땅속에서
> 오래 버티긴 했었어도 죽진 않았었잖소.

난 탑신이 다이너마이트로 부서져 버린 적이 있다오.
한번 죽었던 몸이지. 그래서 좀 스타일이 이렇게
됐는데 뭐 외상후스트레스장애 이런 게 있다고
생각하고 그러려니 해주슈. 그리고 금이니 동이니 하는
조각품보다 돌로 만들어진 친구들이 좀 터프한 데가
있기도 하고.

말이 나와서 말인데 저기 토함산 너머 불국사에 있는
석가탑도 생긴 게 예쁘장하니 해서 그렇지 그 선수도
알고 보면 터프가이요. 오히려 그 옆에 다보탑이 더
여성스럽지. 뭐 그 얘긴 그 친구들한테 직접 들으시고.
여튼 이 궁벽한 촌구석까지 나를 보러 오다니 반갑긴
정말 반갑소.

내가 자랑하고 싶은 거라?. 글쎄 머 여러 가지가
있겠지만 우선 5층탑이란 거? 신라를 통틀어서 쌍탑
양식의 5층탑은 나하고 나원리라는 곳에 있는 탑 딱
둘뿐이오. 희소성이 있는 거지.

그리고 눈여겨볼 것은 인왕상이 몸체에 새겨져 있다는
겁니다. 절 탑에 인왕상을 새긴 것은 사례가 드문데
대체로 호국사찰의 탑들에서 많이 보이는 양식이오.
부처의 힘으로 국난을 극복하고자 했던 의지의
표현이라고 할 수 있겠지.

이 장항리사지는 토함산 동쪽에 위치하고 있는데
경주에서 동해바다로 나가는 길목이오. 거꾸로 이 길은
왜구들이 서라벌로 침입해 들어오는 길목이기도 했는데

신라는 이 길목에 여러 곳의 호국사찰을 지어 불심으로
왜적의 침탈을 막고자 했소. 정항리 절도 역시 그런
호국의 기원을 담아 만들어진 절이오.

내가 만들어진 때는 신라가 삼국을 통일한 초기 성덕왕,
경덕왕, 혜공왕, 선덕여왕 등 신라 르네상스의 초절정기
시절이오. 이 시기 국가적인 문화예술 융성의 힘으로
나도 탄생할 수 있었던 거지.

1930년대에 수리공사를 마치고 난 이후 시점에 찍은
사진이오. 지금과 거의 비슷하지요? 복원 수리된
이후로는 크게 훼손된 일은 없는 거 같소. 그건 오히려
이런 오지에 있는 게 도움이 되기도 했지. 경주와 멀어서
수리가 안 되다가 수리된 이후에는 오히려 멀어서 관심
밖이 된 거 참 아이러니하지 않소?

저 옆은 나랑 같이 폭약으로 사고를 당한 불상의
흔적이오. 서 있는 부처님을 받치고 있던 좌대지.
그런데 오른쪽 하단에 장난스러운 모습을 한 사자상이

보이시오? 가까이 가보면 이런 모습입니다.

어떻게 보이시오? 근엄한 부처님을 모신 좌대인데 귀엽고 장난스럽지 않으시오? 마치 '이것들 다 덤벼!' 이렇게 말하고 있는 듯하지. 사자상은 좌대에서도 맨 아래 부분에 있는데 석공이 이렇게 구석에 사자상을 슬쩍 집어넣었더군 그래. 아마도 불상을 만든 석공은 깊은 불심뿐만 아니라 유머 넘치는 예술가적 기질도 다분했던 모양이지. 신라의 석공들이 대개가 다 그렇지만.

실은 내 몸에 새겨진 인왕상에도 저런 고급감 넘치는 해학이 있지. 한번 보시겠소.

인왕상은 불법과 국가를 수호하는 신장으로 널리 알려졌소. 1층의 4면 탑신에 모두 8개의 인왕상이 있는데 왼쪽은 밀적금강, 오른쪽은 나라연금강이오. 나라연금강은 대개 입을 벌려 '아!' 하는 소리를 지르는 모습으로 조각된다오.

그런데 얼굴표정이나 인상을 잘 한번 보시오. 공포나 위엄 이런 거보다는 오히려 앳되고 귀여워 보이지 않으시오?

우리나라의 불교예술에는 해학이란 맛이 있지. 비유하자면 쳇바퀴처럼 바쁘게 돌아가는 일상 가운데서도 잠시 벤치에 앉아 쉬며 마시는 한 잔의 커피라고나 할까. 인간에게 종교의 의미는 결국 그런 게 아니겠소? 한 잔의 커피 같은 거. 우리나라 불교 예술가들은 불심 외에 그런 종교 본연의 역할에도 충실했던 거지. 당연히 작품 속에도 그걸 녹여 넣고 말이오.

인왕상 사진을 보면 나오지만 이 구멍숭숭 뚫린 화강암은 사실 조각하고는 맞지 않는 조합입니다. 그러나 우리나라는 쓸만한 석재가 그나마 화강암 밖에 없었고 석공들은 이 화강암으로도 당대 최고의 예술품들을 만들어 내지.

대리석으로 만든 유럽 나라들의 훌륭한 조각을 많이들 보셨을텐데 대리석은 땅에서 캐냈을 때는 물렁물렁한 특징이 있소. 그래서 유럽의 조각가들은 거짓말 조금 보태면 마치 찰흙을 빚듯이 인체의 곡선, 얼굴의 표정 등을 정말 다양하고 세밀하게 표현할 수 있었지. 그런데 또 대리석은 세월이 지나면서 비를 맞거나 바람을 맞거나 하면 처음과는 달리 강도가 엄청나게 세진다 하오. 그래서 대리석은 조각을 위해 신이 선물한 재료인 거지.

화강암은 다르거든. 정으로 쪼아 나가다가 아차
실수하면 돌이 통째로 떨어져 나가버리지. 그렇게 되면
다시 새로 작업을 해야 됩니다. 정밀한 표현이 그래서
힘든거요.

그렇지만 신라 석공의 곡선 표현은 대리석 조각 뺨칠
정도지. 석굴암 본존불상의 부처님 옷자락이 어떻게
표현되었는지 떠올려 보시오. 바람 불면 옷자락이
금방이라도 휘날릴 듯하오. 인왕상과 사자상도 저
살아있는 표정을 보시오. 천 년을 넘겨 긴긴 세월 풍화를
겪어낸 모양이 저 정도라오. 탑이 만들어진 처음에는
그럼 어땠겠소. 신의 경지에 이르렀다는 말은 이럴 때
쓰라고 있는 거겠지.

만약 신라 석공에게 대리석이 있었다면 어떤 일이
벌어졌을까. 신은 공평한 게 맞다는 생각이오. 완벽한
재료까지 석공들에게 주어졌다면 그게 정말 불공평한
일이지.

이제 나를 찾아오는 얘길 좀 해야겠구만. 누군가
'음복까지는 제사요'라고 했다던데 자연 속에 있는
유물들은 그 주변 환경까지가 문화재거든. 어떻게 언제
무슨 사연으로 그 자리에 있게 됐는지 알게 되면 유적의
사연이 더 풍성해진다오. 거기까지가 역사 공부인 거지.

여기까지 찾아오는 건 좀 힘들거요. 경주에서 오자면 딱
장항리사지만 목적지로 해서 와야 하는 길이지. 여기
와서 다른 유적지를 가려고 해도 한참 돌아가야 하는
길이기도 하고. 근데 나는 그게 오히려 매력이라고
생각하고 있소. 요새 유행하는 말을 빌자면 여길 아예 안
와본 사람은 있어도 한 번만 온 사람은 없다오.
나를 보면 사람들은 안타까움, 불쌍함, 처연함, 애잔함
머 이런 감정들을 느끼나봐. 거기다 깊은 산골에 숨은
폐사지의 정취라는 게 또 있지.

내 자랑이지만 이거 웬만한 유물은 갖기 힘든 나만의
메리트거든. 그래서 한 번 온 사람들이 다시 나를
찾는 거지. 사람들이 느끼는 그런 감정이 정말 내겐
소중하다오. 천 년도 지난 옛날 탑이지만 나도 현재를
살고 있다는 느낌을 갖게 해주거든.

마침 가을이니 나를 찾아오기 좋은 계절이구려.
장항리사지는 가을이 제일 좋아. 특히 낙엽이 거의
떨어져 갈 때가 예술이오.

여기 오면 호젓한 옛 폐사지의 정취와 안타까운
근대사의 질곡을 함께 만날 수 있소. 인왕상과 사자상

표정이 어떻기에 이렇게 호들갑이냐, 그것도 직접 한번
확인해 보시길. 자 이제 내 얘긴 여기까지 해야겠구만.
만나서 정말 반가웠소. 인연이 되면 또 보겠지.
그럼 이만.

경주 장항리사지 서오층석탑

국보 제236호
건립시기·연도 : 통일신라, 8세기
소재지 : 경상북도 경주시 양북면 장항리 1083
소유자 : 국유
관리자 : 경주시
국보 지정일 : 1987년 3월 9일

이름 되찾기까지 72년, 파란만장 궁궐 수난사

사도세자의 이야기,
임오화변(壬午禍變)은 제가 기억하는
가장 비통한 이야기입니다.
-

창경궁 명정전

초등학교도 들어가기 전이었던 것 같습니다. 창경원에 놀러
간 적이 있었습니다. 동물원을 구경하고 놀이기구를 타고,
놀이공원이라는, 전혀 알지 못했던 신세계를 경험했습니다.

그 뒤로 창경원이란 이름은 그런 놀이공원을 부르는 이름인
줄로만 알았습니다. 창경원 가자는 말은 곧 놀이공원 가자는
말이었습니다. 거리가 먼 곳은 용인자연농원(이 이름 익숙하신 분
들 많으시죠? ㅎㅎ), 가까운 곳은 창경원 이렇게 부르는 줄 알았습
니다.

시간이 흘러 1983년 12월 30일. 제가 중학교 1학년 겨울방
학 때에 창경원은 창경궁이란 이름을 되찾았습니다.

그런데 창경원의 이름이 창경궁으로 바뀐다는 얘기를 뉴스
에서 본 첫 느낌은 이름이 무척이나 낯설다는 것이었습니다.
창경원인데 왜 창경궁이라고 하지?

창경원이 예전엔 경복궁 같은 조선의 궁궐이었다는 걸 그때
까지 몰랐습니다. 초등학교를 졸업하고 중학생으로도 1년을

보낼 동안 아무도 가르쳐준 사람이 없었습니다. 심지어 학교에서도.

창경궁이 창경원이 된 건 1911년입니다. 그러나 창경궁이 위락시설이 된 건 1909년입니다. 경술년의 국치 이전에 이미 일제는 조선 궁궐을 모욕했던 셈입니다.

창경궁은 그 이름을 되찾기까지 장장 72년이 걸렸습니다. 1945년 해방이 된 나라에서도 38년 동안을 치욕스러운 이름표를 계속 달고 있어야 했습니다.

파란만장한 조선 궁궐 수난사를 한 몸에 안고 있는 창경궁과 그 정전인 명정전이 오늘의 주인공입니다.

안녕들 하십니까. 서울 한복판에 있어서 아마 저를 찾아와주신 분들 많을 거예요. 저는 창경궁의 정전 명정전입니다. 국보 226호죠. 궁궐이라는 게 원래 최고 권력자가 사는 곳인 만큼 이런저런 사연이 없을 수 없겠지만 제 얘기는 좀 남다를 거예요. 시작합니다.

저와 창경궁이 자리 잡은 터는 원래 고려 시대 남경의 수강궁 터였다고 전해지고 있습니다. 하늘에서 보면 멀리 삼각산(북한산)에서 치솟은 정기가 북악을 거쳐 경복궁으로 뻗어오는데 그 한 갈래가 창덕궁과 저를 지나 현재의 종묘, 그리고 청계천까지 이어지는 형상입니다.

조선 건국 후 세종이 즉위하자 세종 임금은 그 터에

생전에 왕위를 물려준 상왕 태종을 위해 집을 짓고
그 이름을 고려 때와 같이 수강궁이라 했습니다. 이
태종의 거처 수강궁이 지금 창경궁의 출발이라고 할 수
있겠습니다.

창경궁이 궁궐로서 모습을 갖춘 것은 성종 14년입니다.
세조의 비 정희왕후, 덕종비 소혜왕후, 예종의 계비
안순왕후 등 당시 생존해 있던 3명의 대비들을 위해
궁을 새로이 조성한 것이죠.

이때 명정전을 비롯해 문정전, 수녕전, 환경전, 경춘전,
통명전, 양화당, 여휘당 등 궁의 주요 전각들이
들어섭니다. 규모가 꽤 컸었습니다.

그런데 임진란을 겪으면서 경복궁과 창덕궁, 창경궁 등
조선의 3대 궁궐이 모두 불탑니다. 난리 이후 들어선
광해군 정부는 경복궁의 재건은 포기하고 창덕궁과
창경궁을 재건합니다. 광해군 이후 창덕궁이 메인 궁궐,
창경궁이 보조 궁궐이 되는 거지요.

창경궁 전경

지금은 경복궁이 조선의 정궁으로서 서울 한복판에서
위세를 뽐내고 있지만 사실 임란 이후 터만 남은
경복궁은 조선말인 고종 때에 와서 고종의 아버지
흥선대원군에 의해 복원되기 전까지는 현실에서는
존재하지 않던, 오랫동안 잊혀졌던 궁궐이었습니다.
뒤늦게 모습을 갖춘 예술품이 제일 나은 대접을 받는 것,
그런 사례 많지 않습니까. 뭐 꼭 경복궁이 그렇다는 얘긴
아닙니다.

다른 조선 궁궐이 정전들이 모두 남향인데 비해 저
명정전은 유일하게 동향입니다. 동향으로 만들어진
이유는 애초에 왕이 아닌 대비들의 공간으로 만들어져서
정전으로서의 지위가 애매했다는 게 한 가지 이유일 수
있겠고 풍수지리학상 배산의 원칙을 중요시했던 시대에
창경궁 자체가 남북으로 능선이 이어지는 지형에 자리
잡고 있어서 남향으로 방향을 잡기가 여의치 않았던
것도 이유일 수 있을 것 같습니다.
저와 창경궁을 만드신 성종 임금께서는 이런 말을 하신
적이 있습니다.

"임금은 남쪽 방향을 보고서 정치를 하는데 명정전은
동쪽을 보고 있으니 나라를 다스리는 정전으로는 쓸 수
없다."

거 참. 뭐 맞는 말씀이긴 한데 그럼 지을 때 어떡해서든
남향으로 지어주시든지, 다 만들어놓고 나서 정전으로는
쓰지 말라니 그땐 참 서운했죠.

그렇지만 경복궁이 있던 조선 전기에 저도 정전의
역할을 하긴 했습니다. 조선의 임금들은 대개 경복궁
근정전, 창덕궁 인정전 등 궁궐 정전의 앞뜰에서
즉위식을 하는데 우리 존경하는 인종 대왕께서 저를
간택하셔서 인종의 즉위식이 명정전의 앞뜰에서 거행이
됐습니다.

새 임금의 즉위를 알리는 엄숙한 행사를 치러냄으로써
제가 정전으로 확실히 인정받는 계기가 됐죠. 지금
생각해도 참으로 역사적인 날이었어요. 광해군 때의
재건 이후로는 저도 명실상부하게 정전으로 쓰여집니다.

또 현재 남아있는 조선 궁궐 전각 가운데서는 제가
제일 형입니다. 광해군 재건 때 건물이 그대로 보존이
됐으니까요. 가치를 오래된 순서만으로 따지면 그건
제가 맨 앞줄입니다.

자, 이제 제 옛날얘기를 좀 할게요. 조선조를 관통하면서
창경궁은 여러 차례 역사의 현장으로 등장합니다.
그중 대표적인 것은 희빈 장씨 이야기, 숙종 때 일어난

신사년(1701년) 사건입니다.

장희빈은 처소였던 창경궁 취선당에 신당을 차려놓고
숙종의 계비였던 인현왕후를 저주해 죽음을 맞게
했다는 죄목으로 사약을 받았습니다. 희빈 장씨의
이야기는 드라마의 단골 소재였죠. 당대 톱 여배우들만
장희빈이나 인현왕후 역할을 맡을 수 있었다는 얘기도
있었지요.

요즘 드라마는 많이 달라지긴 했지만 예전 드라마들은
인현왕후는 현모양처의 대명사로, 장희빈은 임금의
판단을 흐리는 못된 후궁으로 그려졌습니다.

역사적으로 볼 때는 인현왕후와 장희빈의 대립은
당시 붕당과 깊은 관계가 있습니다. 서인 집안이었던
인현왕후가 부활하고 남인 계열의 장희빈이 몰락한 이후
조선사회는 속도의 차이는 있지만 서인들의 나라로
굳어져 갑니다.

소수당이라고 할 수 있는 남인 세력은 점차 역사에서
사라지게 되는 최초의 계기가 바로 장씨가 몰락하는
신사년의 변고라고 할 수 있는 거죠.

정조 연간에 남인들이 잠시 중용되기도 하지만 천주교에
대해 긍정적이었던 남인 세력은 결국 정조의 승하와
함께 역사에서 완전히 사라집니다. 말이 사라지는 거지
천주교 신자였던 남인들은 살아남지를 못 합니다.
얼마 전 방한한 프란치스코 교황이 방문했던 충남의
해미읍성이 바로 남인 천주교 신자들이 집단학살을
당했던 현장입니다.

요즘 영화가 인기라는 사도세자가 생을 마감한 곳도
창경궁입니다. 사도세자의 이야기, 임오화변은 제가
기억하는 가장 비통한 이야기입니다.

영화에서는 정신이상에 가까운 행동을 하는 세자가
역모를 모의한다고 생각한 영조가 아들을 죽이는 것으로
되어 있지만 이는 온전한 100%의 사실이 아닐 개연성이
큽니다. 여기도 역시 권력을 둘러싼 암투가 배경이 되고
있습니다.

노론의 지지를 받아 왕위에 오른 영조는 자신을 왕으로
만들어준 노론에 정치적으로 빚이 있습니다. 그런데
세자는 아버지와 아버지를 움직이는 노론의 정치가
못마땅합니다.
그렇게 갈등이 시작됐고 점차 그 골이 깊어지자 세자가
왕위에 오를 경우 후일의 안전이 보장될 수 없겠다고

생각한 노론이 영조를 움직여 세자를 제거했을 가능성.
이러한 견해에도 어느 정도 무게중심을 둬야 하지
않을까요.

사도세자가 뒤주에 갇힌 곳은 문정전 앞마당입니다.
제가 동향인데 비해 제 바로 옆에 붙어있는 문정전은
남향으로 지어졌습니다. 사건이 일어날 당시 문정전은
영조의 비 정성왕후의 혼전으로 사용되고 있었습니다.
(혼전은 국상을 마치고 난 이후 종묘에 배향될 때까지 임시로 신위를 모시는
곳입니다. 주로 대비나 왕후의 신위들이 문정전에 많이 모셔졌습니다.)

운명의 1762년 7월 4일. 문정전 앞에서 영조는 칼을
들고 사도세자에게 자결을 명합니다. 그러면서 문정전에
모셔진 정성왕후의 혼령이 세자가 자신을 죽이려 한다고
말했다고 합니다.

영조가 정성왕후의 혼령이 알려줬다는 얘기를 근거로
해서 두 번 세 번 자결을 재촉하는 가운데 세자는 엎드린
채 땅에 머리를 찧어가며 이마에서 피가 흘러나오도록

융릉. 사도세자의 묘

용서를 빕니다.

이때 세손(뒷날의 정조)이 문정전 앞마당에 들어와 관과
겉옷을 벗고 아비 뒤에 엎드려서 용서를 빕니다. 영조는
직접 마당으로 내려가 세손을 안아 들고(그때 세손의 나이는
11살이었습니다) 시강원으로 보내고 들어오지 못하게 하라고
하교했습니다.

계속되는 영조의 재촉에 세자가 칼을 들어 자결하려
하는데 주변의 신하들이 뜯어말립니다. 영조는 결국
뒤주를 가져오라고 소리칩니다.

"밧소주방의 쌀 담는 궤를 내라"

아무도 어찌할 바를 모르고 궤를 대령하지도 못하고
있는데 다시 세손이 문정전 앞뜰로 들어왔습니다.
아비를 제발 살려주소서.

영조는 이번엔 세손을 외할아버지인 홍봉한의 집으로
보내버리고 나인들이 가져온 소주방의 뒤주가 작다
하여 다시 어영청(왕을 호위하던 군영)에서 쓰는 큰 뒤주를
가져오라고 합니다.

결국 사도세자는 뒤주에 갇혔고 영조는 직접 그 뚜껑을
닫고 자물쇠를 채웁니다.

영조실록이 전하는 임오화변의 광경을 보자면 영조는
이성의 통제력을 상실한 상태로 보입니다. 사도세자는

결국 갇힌 지 8일 만에 28살의 짧은 나이로 생을
마감합니다.

한여름인 7월 한낮에, 물 한 모금 먹지 못하고 좁디좁은
뒤주에 갇힌 채 8일을 버티다 숨이 끊어진 세자의
고통을 어떻게 알 수 있을까요. 문정전 앞마당을
지나오는 북서풍의 바람을 맞을 때마다 세자의 원통한
죽음을 다시 떠올리지 않을 방법이 없습니다.

왕인 아버지가 세자인 아들을 죽인 것으로 의심되는
경우가 또 있습니다. 인조의 맏아들 소현세자입니다.
그러고 보면 창경궁은 장차 지존이 될 귀하신 몸인
세자가 둘씩이나 명을 다하지 못하고 죽어서 나간
곳입니다.

청나라와의 전쟁에서 패배를 당한 뒤 소현세자는 청의
수도 선양에 인질로 잡혀갑니다. 그러나 소현세자는
거기서 사실상의 선양 주재 조선 대사의 역할을 하게
됩니다.

조선은 청과의 전쟁에서 패했어도 여전히
재조지은(왕조를 다시 이어준 은혜. 임진왜란 때 명의 조선 출병의 은혜)의
명분에 사로잡혀 대륙의 패권이 명에서 청으로 넘어가고
있다는 것을 알면서도 그 흐름을 붙잡지 못 합니다.

게다가 전쟁 당사국으로서의 갈등에다 조선인 포로 송환
문제, 청의 조선에 대한 지원군 파견 요구 등 조선의
이익을 위해 소현세자가 선양에서 풀어야 할 외교적

난제들이 하나 둘이 아니었습니다.

소현세자는 그러나 조선과 청 사이의 외교 창구 역할을
충실히 수행해 나갑니다. 청의 고위직 인사들과의
네트워크를 만들고 활용하면서 조선의 이익을
관철시키고 또 청에 들어와 있던 서구의 문물들을
접하면서 조선의 개혁과 개방에 큰 관심을 갖게 됩니다.

1637년 인질의 몸으로 조선을 떠난 소현세자는 8년 만인
1645년 그리운 조선 땅으로 돌아옵니다. 큰 뜻을 품고
귀국했을 것임에 틀림없는 그는 그러나 귀국한 지 두 달
만에 창경궁의 환경전에서 갑자기 사망합니다.

인조실록에는 세자가 평소의 병이 갑자기 위중해져서
죽었다고 간단하게 기록되어 있습니다. 그러나 실록에는
이런 내용도 함께 기록되어 있습니다.

'진원군(珍原君) 이세완(李世完)의 아내가 염습(斂襲)에
참여하고 나와서 시신이 온통 검은빛이었고

창경궁 환경전

이목구비에서 모두 피를 흘리고 있어서 마치 약물에
중독되어 죽은 것 같았다고 했다.'

실록의 이 기록은 소현세자의 갑작스러운 죽음과 함께
그가 독살됐다는 주장의 근거가 됐습니다. 그리고
범인으로 의심받는 사람은 아버지 인조입니다.

인조는 소현세자의 죽음 이후 세손인 세자의 아들
석철이 있는데도 세자의 동생인 봉림대군(뒷날의 효종)을
새로운 세자로 정합니다. 신하들의 강력한 반대도
소용이 없었습니다.

인조는 또 소현세자가 죽은 바로 다음 해 며느리인
세자빈 강씨를 죽입니다. 자신이 총애하던 후궁 조씨를
저주하고 자신의 음식에 독을 넣었다는 혐의였습니다.

인조는 결국 손자들도 죽입니다. 어머니 강씨가 죽은
다음 해인 1647년에는 소현세자의 세 아들을 모두
제주도로 유배를 보내는데 그때 맏이였던 석철이
12살이었고 둘째는 8살, 셋째는 겨우 4살이었습니다.
첫째와 둘째는 유배에 처해진 다음 해에 죽었고 막내만
살아남아 효종 대에 가서야 유배에서 벗어날 수
있었습니다.

소현세자를 죽게 만든 건 인조라는 의심은 인조가
세자빈과 아들들을 무자비하게 죽인 것에서 더욱
신빙성을 얻게 됩니다.

인조가 아들 가족을 몰살시킨 것에 대해서 여러 가지 이유들이 제시되고 있는데 인조의 후궁이었던 소용 조씨의 공작, 인조 자신의 질투와 권력욕, 아들에 대한 의심 등이 작용했을 것으로 보입니다. 권력은 부자 간에도 나누지 못한다는 것을 인조가 몸소 보여준 셈입니다.

창경궁은 또 화재사건이 이상하리만치 자주 일어났던 궁궐입니다. 명정전은 광해군 중건 이후 피해를 당한 적은 없지만 창경궁 거의 절반가량이 소실되는 규모의 화재도 두 번이나 있었습니다.

우선 1623년 인조반정 때 저승전이 화재로 불에 탑니다. 그다음 해인 1624년에는 이괄의 난이 일어나는데 반란군이 한양을 점령하고 인조는 급히 피난을 가야 했을 정도로 성공 직전에 이른 반란이었습니다. 이때 창경궁의 통명전, 양화당, 환경전 등이 소실됩니다.

인조 때 여러 번 궁에 불까지 난 걸 보면 그는 정말이지 창경궁과는 안 맞는 임금이었습니다.

1790년에는 통명전에서 또 불이 났고 1830년에는 환경전에서 시작된 불이 함인정, 경춘전, 숭문당, 영춘오행각, 빈양문 등으로 번져 완전히 불에 탔습니다.

1857년의 화재가 동물원이 되기 전에 났던 마지막 화재로 선인문 등이 불탔고 회랑 등에 딸린 부속시설들이 상당수 피해를 입었습니다.

자, 이제부턴 창경궁 수난의 역사 얘기를 좀 해야 할
것 같습니다. 가슴 아프지만 기억해야 할 얘깁니다.
특히 일본이 궁에 저지른 만행에 대해 알려드리고 싶은
사연이 많습니다.

경복궁은 경복궁대로 훼손하고 창덕궁도 피해를
당했지만 일제는 특히 창경궁에 별 해괴한 짓을
다했습니다.

조선의 임금이 정치를 하고 나라를 경영하던 공간을
원숭이나 코끼리 축사를 만들었다는 얘기는 앞에서
했지요.

또 지금 거대한 연못인 춘당지는 원래 이렇게 큰 연못이
아니었습니다. 자료마다 조금씩 내용이 다르기는 하지만
원래는 언덕배기에서 내려오는 물이 모인 아주 조그마한
연못이 있었는데 그게 춘당지였다고 합니다.

지금의 넓은 춘당지는 원래 연못이 아니라 권농장이라고
해서 왕이 직접 농사의 모범을 보이기 위해 궐 안에서
운영하는 경작지였습니다. 일제는 이 권농장의 땅을
파서 광활한 연못을 만든 겁니다.

멸문지화라는 말을 다들 아실 겁니다. 조선시대
역모의 주모자들은 멸문지화를 당했습니다. 당쟁에
희생된 선비들도 멸문지화를 당했습니다. 당사자는
능지처참하고 그 집안의 형제와 자식, 처남과 매부를
포함해서 집안의 남자들은 모두 죽이고, 부인과 딸들은

노비로 만들고 재산은 몰수하고 집은 불태웁니다.

죄인이 살던 고을의 등급은 격하되고 수령이 파직되는
경우도 있었습니다. 부모 형제, 처가 등 삼족을 멸한다,
이게 가문이 통째로 멸족되는 멸문지화입니다.

그리고 여기에 또 하나 추가되는 조치가 있습니다.
살던 집터를 깊게 파서 연못을 만드는 겁니다. 이른바
파가저택의 형벌입니다. 역모나 삼강오륜을 저버린
강상의 죄를 범한 자에 내리던 중벌입니다.

일제가 창경궁에 왜 거대한 연못을 팠을까요. 그것도
왕이 육체노동을 하면서 직접적으로 사용하던 공간에다
말이죠. 궁궐을 동물원으로 만든 일제가 역적과
중죄인을 처벌하던 조치로 조선의 왕실을 또 한 번
모욕한 것이라고 볼 수밖에 없지 않을까요.
율곡로 얘기도 빠뜨릴 수 없겠네요. 원래 율곡로라는
길은 없던 길입니다. 율곡로는 경복궁 동남쪽 동십자각
삼거리에서 시작해서 멀리 동대문(홍인지문)까지 이어지는

길입니다. 그런데 위 지도에도 나타나 있듯이 이 길은
창경궁과 그에 연결된 종묘를 뚝 잘라내면서 지나가고
있습니다.

북한산에서 궁궐로 내려오는 정기를 끊기 위해 일제가
저지른 만행 중의 하나입니다. 일제가 명산들을
찾아다니며 바위를 부수고 혈맥을 끊었다는 얘기는
많이들 아실 텐데 그 절정이 바로 창경궁과 종묘 절단
사건이라 할 수 있겠습니다.

해방 이후 창경원 시절에도 지금 보면 상상할 수 없는
어처구니없는 일이 많이 생겼습니다.

1961년에 한 번은 목이 없는 꽃사슴 한 마리가
화살을 맞은 채 발견됐습니다. 범인을 잡고 보니 어떤
정신이상자의 소행이었습니다. 그 사람은 경찰 조사에서
사슴뿔을 삶아 먹고 그 기운으로 동묘에 있는 82근
관운장의 청룡도를 휘둘러 천하를 평정하려고 했다고
말했습니다.

창경궁은 터가 세긴 센 땅 같습니다. 지존이 될 세자가
둘이나 명을 다하지 못했고 정치권력이 한쪽으로 기울게
되는 역사의 현장이기도 했습니다. 일제강점기에 겪은
시련은 말할 것도 없고요.

이런 창경궁의 역사로 볼 때 그 터에 진짜 북한산에서
내려오는 에너지가 모이는 걸까 싶기도 합니다.
에너지가 모이고 기운이 꿈틀대는 역동적인 땅인데
거기에 자리 잡았던 사람들이 사슴뿔이나 삶아 먹으려고
하는 이상하고 못난 사람들이라서 그 지세를 감당하지
못한 게 아닌가 하는 거지요. 알 수 없는 일입니다.

이 모든 일을 겪었고 지켜봤고 버텨냈고, 그래서 이젠
사람들과 교감을 나눌 갖가지 사연과 이야기들을 품게
된 저는 한 많은 조선의 3대 궁궐 창경궁, 그리고 그의
정전 명정전입니다.

창경궁 명정전

국보 제226호
시대 : 조선시대
소재지 : 서울시 종로구 창경궁로 185
소유자 : 국유
관리자 : 문화재청 창경궁관리소
국보지정일 : 1985년 1월 8일

국정 역사서만
있었다면
고조선도
없었다

2 ▮ **4**

이치의 떳떳함으로
일어날 때가 있는 것을 알고
그 전하는 것을 영구히 해서
후세의 배우는 자들에게
도움이 되기를 바라는 바이다.
-

경주부윤 이계복

현존하는 가장 오래된 우리나라의 역사서는 삼국사기와 삼국유사입니다. 삼국사기는 1145년 고려 인종 때 왕명을 받아 김부식 등 11명의 학자가 삼국시대와 통일신라의 역사를 기록했습니다. 삼국유사는 삼국사기가 나온 136년 뒤인 1281년 일연 스님이 제자들과 만든 책입니다.

삼국사기는 정치가와 학자들이 왕의 명을 받아서 만든 일종의 국정 역사서라고 할 수 있겠습니다. 반면 삼국유사는 민간에서 저술한 역사서입니다.

이 두 가지 역사서가 모두 전해오는 것은 우리 민족에겐 커다란 축복입니다. 공적 기록과 민간의 사적 기록이 모두 전해져 후세에 보다 풍성하게 과거 역사를 전해주고 있기 때문입니다. 두 책은 편찬자와 시대가 다른 만큼 각기 구별되는 특징을 갖고 있습니다.

우선 삼국사기는 우리 고대의 역사를 가장 정확하고 다양하게 싣고 있는 기본 역사서입니다. 이 책은 고구려, 백제, 신라와 통일신라의 역사를 통치자 중심으로 상세히 싣고 있습니

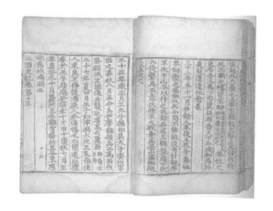

다. 우리 고대 역사 연구는 바로 이 삼국사기로부터 시작된 다 해도 지나친 말이 아닙니다.

연대순으로 고구려 백제 신라 고대 3국의 정치사가 정리(본기)되어 있고 제사, 의복, 지리, 등 사회상을 알 수 있는 기록(지)도 충실합니다. 또 시대별로 연표를 정리(표)해놓았고 유명한 장군과 학자, 충신 등 70여 명에 달하는 주요 인물들의 일대기(열전)도 따로 정리했습니다.

이렇게 본기와 지, 연표, 열전 등의 구성으로 역사를 서술하는 방식을 본기의 '기'와 열전의 '전'을 따서 기전체라고 합니다. 중국 전한 시대의 유명한 사마천의 사기에서 기전체 역사서술 체계가 시작됐습니다.

기전체는 왕을 기준으로 그 시기 인물들의 전기, 제도와 문물, 경제상황, 자연재해 등을 종합적으로 서술하기 때문에 통치자별로 그 시대의 정치사와 경제사 사회사 등을 유기적으로 파악할 수 있습니다.

유일무이한 가치를 갖고 있는 삼국사기지만 이 책의 집필철학에 대해서는 유교적 관점에 치중한 나머지 사대주의적이고 중화 중심 사상이 스며있다는 비판이 제기되고 있습니다.

편찬자들은 삼국 중에서 신라에 정통성이 있다는 전제로 서술을 했고 또한 백제와 고구려사에 대한 부분은 부정적인 것이 많고 중국에 편파적으로 기록된 부분도 적지 않습니다. 특히 백제와 고구려가 수나라와 당나라에 거역했기 때문에 결국 멸망했다고 쓴 부분도 있습니다.

삼국사기의 사대주의적 서술에 대해서 설명하자면 우선 대표 편찬자인 김부식을 이해해야 할 것 같습니다.

김부식은 신라 태종무열왕(김춘추)의 후손으로 알려지고 있습니다. 고려에서 학문의 중흥기, 르네상스 시대로 평가받는 예종, 인종 시대의 전형적인 엘리트 유학자입니다.

그는 조선 초 개국공신들처럼 유교적 이상 국가 실현을 정치의 목표로 삼았으며 삼국사기의 편찬 역시 과거 왕·신하·백성의 잘잘못을 가려 행동 규범을 드러냄으로써 후세에 교훈을 삼고자 하는 유교적 신념에 의한 것이었습니다.

삼국사기는 우리 역사서 가운데 유교적 역사관에 입각해 편찬된 첫 역사서라 할 수 있습니다. 그런데 유교 사관은 한국사의 무대를 한반도 내로 축소시키고 있다는 점에서 비판을 받고 있습니다.

중국 중심적일 수밖에 없는 유교 사관은 만주 등 한반도 북부 지역에서 중국과 혹은 다른 북방계 민족들과 전쟁을 치르

김부식(1075~1151)

기도 하고 상호 협력하기도 했던 부여나 고구려, 발해를 우리 역사에서 제외시키거나 서술을 하더라도 변방으로 다루고 있습니다.

유교 사관에 입각한 역사관과 이를 극복해야 한다는 논쟁은 우리 역사학계에서 오랫동안 계속 벌어지고 있습니다. 그러나 조선조를 관통해온 유교철학은 역사 서술에도 그대로 적용되어왔기 때문에 유교 사관에 입각하지 않은 역사서들은 찾아보기가 어려운 실정입니다. 역사 서술의 다양화가 이뤄지지 않은 사회가 후손에게 물려준 안타까운 현실입니다.

그러나 당시의 이러한 사대주의적 사관 역시 그때의 역사라는 점에서 삼국사기의 가치가 훼손되는 것은 아닙니다. 역사관의 문제는 오늘날의 우리가 논쟁하고 토론할 문제이지 그 시기의 정치사회상을 보여주고 있는 역사서에겐 오히려 고마워해야 할 일이지 않을까요.

또 김부식이 보인 편찬 철학 역시도 지금의 우리에겐 완벽하지는 않더라도 그전의 역사 서술에 비해서는 괄목상대하게 진일보한 것입니다.

삼국사기 이전의 역사 서술은 과거 기록을 그대로 옮겨 쓰고 나열한 수준이었지만 김부식은 우선 과거 문헌 기록을 확인하고 그 기록의 사실 여부를 검토 판단하고 편찬자의 철학에 따라 사료를 취사선택하고 그에 따라 가치관을 서술하는 등 과거보다 혁신적으로 진보한 역사기록 형식을 채택합니다.

이는 지금의 우리가 역사를 쓰는 방법과 다를 게 하나도 없습니다. 삼국사기에 담긴 역사 서술 형식 하나만으로도 그 존재가치와 의미는 감히 범접할 수 없는 것이라 할 수 있습니다. 김부식이 삼국사기를 통해 중세 역사철학의 기초를 쌓은 것은 부인할 수 없는 사실입니다.

자, 삼국사기는 대략 이런 이야기들을 품고 있습니다. 삼국사기와 함께 짝꿍처럼 나오는 역사책, 삼국유사는 또 어떤 다른 이야기들을 품고 있을까요. 생각보다 어마어마합니다. 국보 306-2호 삼국유사의 이야기입니다.

나무관세음보살. 안녕하십니까. 저는 우리나라 설화와 전설의 발원이자 근원이며 시원이고 출발인 삼국유사입니다. 삼국사기가 쓰지 않은 부여, 고조선 등의 역사를 담고 있습니다. 여러분들 잘 아시는 환인이 웅녀와 결혼해 단군을 낳았고 그 단군이 나라를 세웠다는 고조선 건국신화, 그리고 박혁거세 신화 등은 모두 제가 있어서 현재로 전해진 이야기들입니다.

민족국가의 기원을 고조선으로 보고 고구려 백제 신라를 모두 같은 민족으로 보는 삼국일통의 개념을 담고 있는 것도 저입니다. 제가 너무 거창한 체하는 것 같아서 부담스러우신 분 일부 계시겠지만 사실이 그렇습니다. 제가 강조하고 싶은 건데 자신감과 자긍심이 바로 저의 본질이자 전부입니다.

저는 조선시대엔 허무맹랑한 소리만 쓰여있다며 역사서 취급은커녕 무슨 요설을 쓴 잡문으로 천대받았습니다. 그때 자존심에 무지하게 상처를 입었습니다만 지난

2003년 당당히 대한민국의 국보가 되면서 다시 예전의
혈기 발랄함을 되찾게 되었습니다.

뭐, 이젠 조선시대의 트라우마는 완전히
잊어버렸습니다. 자 그럼 이야기를 시작해보겠습니다.

저는 모두 다섯 권으로 되어 있습니다. 삼국사기가
본기 28권, 열전 10권, 지 9권, 표 3권 모두 50권인 것에
비하면 10분의 1분가량이죠. 그렇지만 그 정도 분량에도
있을 이야기는 다 있습니다. 편찬자가 엑기스만 뽑은
거죠.

효율적이자 전문적인 역사 서술인 셈인데 이것 역시
전반적인 모든 역사를 다뤄야 하는 국가 편찬 역사서가
하기 어려운 부분입니다. 전문분야의 전문가가 참여한
역사기록이 이래서 중요한 겁니다. 제가 그 증겁니다.

저는 일연 스님과 그 제자들에 의해서 태어났습니다.
일연 스님은 국사의 반열에 오른 고려 최고의 고승 중 한

분입니다. 일연 스님은 돌아가시기 5년 전인 1284년엔
국존으로 책봉됐으며 왕의 구의례를 받았습니다.
구의례란 왕이 문무백관을 거느리고 옷의 뒷자락을 걷어
올려 절하는 예입니다.

일연 스님이 저를 완성한 것은 1281년의 일인데 스님의
나이가 그때 75세였습니다. 결코 적지 않는 나이에
일생의 역작을 완성한 것은 스님이 저를 통해 꼭
전하고자 했던 메시지가 있었기 때문일 겁니다.

약 130년 전에 나온 삼국사기가 유교사관에 입각해
편찬되었기 때문에 불교에 대한 내용이 극히 빈약한
점, 오로지 공적 문헌 기록에 집중해 고대국가의 건국
신화나 전설, 민간의 이야기 등이 빠진 점에 대해
안타까워하시고 공식 기록이 아니라 할지라도 예전부터
전해 내려오는 이야기들을 출처를 밝혀 실어 삼국사기의
내용을 보완하는 새로운 역사서의 필요성을 느끼셨을
겁니다.

또한 제가 세상에 나올 무렵은 고려 충렬왕 때로 그
시기는 100여 년에 이르는 무신정권이 끝나고 또한
몽고와의 30년 전쟁도 막 끝난 때였습니다. 고려는
1270년 몽고와 화친조약을 맺고 강화도에서 개경으로
환도합니다.

고려의 개경 환도는 몽고의 지배가 시작되는 것을
의미합니다. 고려가 자주국의 지위를 잃는 이 시기는
특히 민족적 자긍심과 자주성을 지키려는 노력이 전

사회적으로 분출할 때입니다.

그러한 시대적 소명으로 일연 스님은 삼국사기가 다루지
못한 부분을 보완하는 한편 민족적 자긍심과 자주성을
부각하는 내용으로 역사서를 만들게 되신 거죠. 저는
그렇게 태어났습니다.

저는 모두 9가지의 대주제로 구성되어 있습니다. 우선
〈왕력〉은 고대국가 왕들의 출생부터 여러 역사적
사실을 담았고 〈기이〉는 고대국가들의 흥망성쇠,
신화, 전설, 민간의 이야기 등이 실렸습니다. 〈의해〉는
신라시대 유명한 고승들의 이야기, 〈흥법〉은 불교의
전래 과정과 그에 기여한 스님들의 이야기, 〈탑상〉은
탑과, 불상의 유래, 〈신주〉는 밀교(密敎)의 이승들의
전기, 〈감통〉은 부처와의 영적 감응을 경험한 신도들의
이야기, 〈피은〉은 높은 경지에 도달하여 은둔한
스님들의 이야기, 〈효선〉은 효행 및 선행에 대한 미담을
기록했습니다.

대략 분류하면 〈왕력〉과 〈기이〉는 고대 역사, 〈의해〉
이후 7편은 불교문화사 정도로 요약할 수 있겠습니다.

이 가운데 주목해야 할 부분은 역시 〈기이〉라고
하겠습니다. 일연 스님은 서문에서 "비록 기이한
이야기처럼 들릴지 모르지만 우리에게 뿌리가 되는
나라와 왕들의 이야기를 수록하겠다"고 밝혔는데 일연
스님의 이 현명한 선택으로 단군 신화가 처음으로
기록으로 남아 후대에 전해질 수 있게 된 것입니다.

신라 향가 얘기도 빼놓을 수 없겠습니다. 제게 수록하고
있는 신라 향가 14수의 제목은 다음과 같습니다.
모죽지랑가, 헌화가, 찬기파랑가, 처용가, 서동요,
도천수관음가, 도솔가, 제망매가… 학생 시절에 배운
노래도 있고 다 어디서 한 번은 들어보신 이름들이죠. 다
제가 처음 알려드린 겁니다.

안타깝게도 저는 조선시대에는 잊혀진 이름이었습니다.
곰이 쑥과 마늘을 먹고 사람이 되었다니 조선시대의
근엄하신 유학자들이 보면 얼마나 허무맹랑한
얘기였겠습니까.

뭐 저도 이해합니다. 그 시대엔 세상이 중국을 중심으로
돌고 있었고 그게 정상이라고 생각하던 사회였으니까요.

그렇지만 조선시대에도 저의 생명을 지탱해준 선비가 한
분 있어 소개하고자 합니다.

혹시 이계복이란 이름을 아시는지. 일연 스님이 저를
낳아준 분이라면 이계복은 죽어가던 저의 생명을 살려준
은인입니다.

이계복은 조선 중종 시기 문신입니다. 1508년에 강원도
관찰사가 되었고 1510년에 경주 부윤이 되었습니다.
이때 이계복은 거의 사라지다시피 한 저의 완본을 구해
다시 간행합니다.

저는 그 이전에 찍은 것은 전해지는 것이 없고 이때
찍은 간행본이 남은 완질본 중에 가장 오래된 것입니다.
(3~5권이 전하는 개인 소장 국보 306호가 별도로 있음) 이계복이
재간행을 하지 않았다면 아마 여러분이 저를 보는 일은
없었을 겁니다. 이계복은 조선왕조실록에도 그 이름이
등장합니다. 실록에 기록된 그의 인물평은 이렇습니다.

"이계복은 사람됨이 관후하여 친우들을
인견하는 일이 많았다."

그 당시 선비들은 사람 만나는 게 일인데 그 가운데서도
얼마나 친우들을 인견하는 일이 많았으면 실록이
이렇게까지 썼을까 하는 생각이 듭니다.

인복 많은 그 이계복이 다시 저를 간행하면서 발문을
직접 씁니다. 다시 봐도 명문이며 당시의 제가 처했던
상황 역시 잘 알려주고 있어 재차 기록을 남깁니다.

우리 동방 삼국의 본사(삼국사기)나 유사(삼국유사) 두 책이

딴 곳에서는 간행된 것이 없고 오직 본부에만 있었다. 세월이 오래되어 한 줄에 알아볼 수 있는 것이 거의 4, 5자밖에 되지 않는다. 내가 생각하건대 선비는 이 세상에 나서 여러 역사책을 두루 보고 천하의 치란과 흥망 그리고 모든 다른 사적에 대해서 오히려 그 견문을 넓혀야 하는 것인데 하물며 이 나라에 살면서 그 나라의 일을 알지 못해서야 되겠는가.

이에 이 책을 다시 간행하려 하여 완본을 널리 구하기를 몇 해가 되어도 이를 얻지 못 했다. 그것은 일찍이 이 책이 세상에 드물게 유포되어 사람들이 쉽게 얻어 보지 못했다는 것을 알 수 있다.

만약 지금 이것을 고쳐 간행하지 않는다면 장차 실전되어 동방의 지나간 역사를 후학들이 마침내 들어 알 수가 없게 될 것이니 실로 탄식할 일이다. 다행히 사문 성주목사 권주가 내가 이 책을 구한다는 말을 듣고 완본을 구해 얻어서 나에게 보냈다.

나는 이것을 기쁘게 받아 감사 안상국 당과 도사 박후전에게 이 소식을 자세히 알렸더니 이들은 모두가 좋다고 한다. 이에 이것을 여러 고을에 나누어 간행시켜서 본부에 가져다 간직하게 했다.

아아. 물건이란 오래되면 반드시 폐해지고 폐해지면 반드시 일어나게 마련이다. 이렇게 일어났다가 폐해지고 폐해졌다가 다시 일어나는 것이 이치의 떳떳한 바이다. 이치의 떳떳함으로 일어날 때가 있는 것을 알고 그

전하는 것을 영구히 해서 후세의 배우는 자들에게
도움이 되기를 바라는 바이다.

황명 정덕 임신 계동에 경주부윤 추성정난공신 가선대부
경주진병마절제사 전평군 이계복이 삼가 발문을 쓰다.

지금은 사람들이 가까이하기 싫어하는 버림받은
신세지만 후세에 반드시 일어날 것이란 그의 안목도
놀랍거니와 그래서 이를 영구히 보존하기 위해
간행한다는 취지가 얼마나 아름다운지. 이 글을 볼
때마다 감탄을 금할 방법이 없습니다.

이계복 같은 이가 있어 생명을 건진 이후 제 이름이
세상에 알려지는 것은 조선이 망한 뒤의 일입니다.

잊혀진 저는 임진왜란 중에 일본에 전리품 신세가 되어
나라를 떠납니다. 거기서 일본 사람들에 의해 진가를
인정받고 비로소 보물 대접을 받습니다.

까맣게 잊혀진 제가 다시 모습을 드러내는 것은
1927년입니다. 일본에서 유학 중이던 육당 최남선은
저를 발견하게 되고 귀국해 〈계명〉이라는 잡지에
저를 국내에 소개합니다. 이때가 돼서야 비로소 저는
국내에서 주목을 받게 되었습니다. 여기까지가 저의
구사일생 현재 도착기입니다.

저에 대해서 이러저러한 평가들이 많은데 대체로
훌륭한 얘기들입니다. 그런데 다만 제가 간직한

내용들을 야사로 평가하기도 하는 모양인데 저는 그 평가가 적당하다고 보지 않습니다. 야사란 건 뭔가 비공식적이고 숨어있고 연구할 가치가 크지 않은 이야기처럼 느껴지는데 그건 조선시대에 저를 보던 시각과 다르지 않습니다.

제가 가진 의미에 대해서 잘 알려지지 않는 것에 대해서 저는 무지하게 서운하게 생각하고 있습니다. 맨 첫머리에 강조했다시피 제가 그냥 보통의 역사책은 아니기 때문입니다.

제가 품고 있는 건 신화의 역사이지 야사가 아닙니다. 한국 고대의 전통문화는 제가 있었기 때문에 발견될 수 있었습니다. 저는 한국적 문화 콘텐츠의 원형이자 저수지입니다. 한국의 신화와 전설은 모두 저에게서 나온 것입니다.

또 한반도에 갇혀있던 민족사를 광활하게 확대시킨 역사의 재발견은 저로 인해 가능했습니다. 중국의 동북공정이라는 허무맹랑한 역사 뒤집기를 강력히 반박하고 추궁할 수 있는 우리 스스로의 역사서가 바로 저입니다.

저로 인해 대한민국의 역사가 고조선으로부터 비롯됐으며 장장 반만년에 이르고 있음이 증명되는 겁니다.

중세시기에 이미 저와 같은 자주적이고 우리 민족

중심의 역사저술이 있었다는 것은 세계사적으로도
중요한 가치를 지닙니다. 스스로의 고대 역사를
자주적으로 이해해 보려는 시도는 당시로선 대단히
혁명적인 것이었습니다.

누가 해방 이후 우리 민족사의 재발견은 오롯이 저로
인해 가능했다 말해도 저는 반박하지 않겠습니다.

오랜 기간 저를 연구해온 고운기 한양대 교수는 제게
이런 평가를 해주셨습니다.

'우리 역사를 지식인의 역사에서 민중의 역사로, 사대의
역사에서 자주의 역사로 바꿔 놓은 책. 우리 문학을
지식인의 문학에서 민중의 문학으로, 사대의 문학에서
자주의 문학으로 바꿔 놓은 책.'

제가 전해지기까지 많은 우여곡절이 있었지만 경주부윤
이계복이 없었다면 저는 진작에 생을 마감했을 겁니다.
그랬다면 이 연재물 소개 글에서 언급한 스카라극장처럼

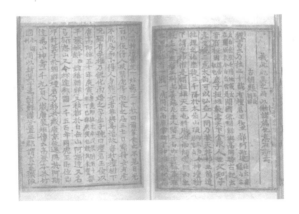

삼국유사 단군신화 수록 부분

저도 아마 세상에 없는 물건이 됐을 테고 지금 사람들은
귀중한 국보 하나를 간직할 수 없게 됐겠지요.

역사는 그렇게 다양하게 다뤄져야 하는 것 아닐까요.
이계복이 말했듯이 폐하면 일어나고 일어나면 폐하는
것인데 하나만의 역사를 강조하는 것이 얼마나 허황되고
부질없는 짓일까요. 저를 잡설로 멸시한 조선시대
사람들과 21세기의 한국 사람들은 얼마나 다른가요.

고대 역사서가 삼국사기 하나만 전해졌다면 어떻게 지금
사람들이 풍성한 문화콘텐츠를 누릴 수 있었을까요.
이계복의 혜안이 더욱 그리워지는 요즘입니다.

20세기에 발견되어 비로소 햇빛을 보게 된 책. 우리
민족의 역사 영토를 한반도 북부까지 넓혀준 책. 한국
문화콘텐츠의 원형이며 자주적이고 독립적인 편찬
철학을 지닌 책. 그럼에도 여전히 사람들은 잘 알지
못하고 있고 진가에 대한 재평가가 반드시 필요한 책.
제 이름은 삼국유사입니다.

삼국유사

국보 제306-2호
시대 : 조선시대
소재지 : 서울대학교 규장각한국학연구원
소유자 : 국유
국보지정일 : 2003년 4월 14일

한반도 유일
고구려비에서
사라진 글씨들의
비밀 5

저는 유독 뒷면이
심하게 닳아 있습니다.
그 글씨들은 어디로
간 걸까요.
-

충주 고구려비

혹시 주먹도끼를 아시나요. 구석기 시대에 직립보행한 인간이 사용한 최초의 규격화된 도구가 바로 주먹도끼입니다. 우리 나라에서도 많이 발견되고 있고 국립중앙박물관이 선정한 우리 유물 100선에도 이름을 올리고 있습니다.

국립 중앙 박물관에 의하면 주먹도끼는 인류 진화에 관해서 그 어느 석기보다도 많은 비밀을 간직하고 있는 유물이라고 합니다. 하나의 석기가 여러 가지 기능을 하도록 고안되어 있어서 주먹도끼는 마치 현대의 '맥가이버 칼'에 비유되기도 하며 거의 100만 년 이상 사용된, 구석기 시대 최고 히트상품 중 하나라고 합니다.

우리나라 주먹도끼 가운데 가장 유명하고 숫자도 많은 것은 역시 경기도 연천의 한탄강, 임진강 일대에서 발견된 것들입니다.

필자가 예전에 연천 전곡리의 한탄강 캠핑장 인근 선사유적지에 방문한 적이 있는데 그곳에서 한 번은 여러 형태로 각이 진 돌을 발견한 적이 있습니다.

주먹도끼

생김새가 우선 심상치 않았고 주먹도끼랑 여러모로 모양이 비슷해서 이게 혹시 진짜 구석기 주먹도끼가 아닐까 싶은 생각이 들었습니다. 그렇지만 설마 하는 생각으로 그냥 한번 훑어보고 있던 자리에 도로 놔두고 발길을 돌렸습니다.

그게 벌써 몇 년 전 일인데 지금도 한 번씩 그 일이 다시 생각이 납니다. '내가 그때 왜 그랬을까. 밑져야 본전인데 거기 유적지 전시관이나 하다못해 연천군청에라도 얘기나 해볼걸. 그게 진짜 주먹도끼였을까. 기자 생활 한지가 몇 년째인데 난 아직 새로운 것에 민감한 호기심이 부족한 걸까. 나는 왜 항상 뒤늦게 후회만 하는 걸까. 도대체 뭐가 어디서부터 잘못된 걸까. 된장. 에라 모르겠고 그냥 소주나 한잔 먹자. 에이 신경질 나.'

전 국토가 박물관이라고 했던 어느 교수님 말씀처럼 우리나라엔 정말 예기치 않게 발견되는 유물들이 많습니다. 지금도 아파트 단지 땅속이나, 고속도로 밑이나, 사람들이 잘 가지 않던 첩첩산중 산속이나, 아니면 서해바다 남해바다 물속에서, 어서 빨리 사람들이 나를 발견해 주기를 기다리며 하염없이 세월을 보내는 유물들이 많이 있을 겁니다.

반면에 항상 그 자리에, 누구나 잘 보이는 곳에 길가 가로수처럼 멀쩡히 있었는데도 보물을 보물로 알아보지 못한 경우도 있습니다.

뭇사람들이 밟고 다니던 등산로 돌계단이 알고 보니 신라의 비석이었던 경우도 있고 마을 입구에 항상 우두커니 서 있던 아들 낳게 해준다는 비석이 고구려 유물이었던 경우도 있습

니다. 이제 소개해 드릴 충주 고구려비가 바로 그 주인공입
니다.

안녕하십니까. 여러분 곁에 항상 있었지만 꽃을 꽃이라
불러준 이가 아무도 없어 스스로가 꽃인 줄 모르고 그저
아들 낳는 비석으로 살아온 인생, 충주 고구려비입니다.

여러분, 보석이 왜 보석이겠습니까. 희소하기 때문에
가치가 높아서 누구나 가질 수 없고 그래서 비싸고
그래서 보석이 아니겠습니까. 저는 한반도에 유일하게
남아있는 고구려 시대의 비석입니다. 아까 인용한 어느
교수님 말씀처럼 우리나라는 전 국토가 박물관이라서
언제 다른 고구려비가 나올지 모르겠지만 현재까지는
제가 유일하고 둘도 없는 고구려비다 이 얘깁니다.

저는 고구려의 최전성기로 꼽히는 장수왕 때 만들어진
비석입니다. 장수왕이 신라와 경계를 확정하고 그
자리에 저를 세웠다는 게 학계의 통설입니다.

충주 고구려비(왼쪽)와
광개토대왕비

또 광개토대왕릉비와 저는 모습이 엇비슷합니다.
장수왕이 남쪽의 영토 분쟁을 마무리하고
광개토대왕릉비를 본떠 만든 비, 이 정도 말씀드리면
세월의 무게가 켜켜이 쌓인 지금은 물론이거니와 장수왕
당시에도 제가 가진 위상이 대략 어느 정도인지 가늠이
되시겠죠?

제 체격은 높이가 1.44미터, 너비가 0.55미터입니다.
삼국시대 다른 비석들이 큰 것은 대략 1미터 어간이고
그보다 작은 비석들이 대부분인 것을 감안하면 당시로선
작지 않은 체구입니다. 하지만 광개토대왕릉비에 비하면
제 체구도 참 겸손해집니다.

참고로 광개토대왕릉비는 높이가 6.39m, 너비가
1.38~2.00미터입니다. 우리나라에서 가장 큰
비석입니다. 불쑥 솟아오른 듯한 광개토대왕릉비는
고구려 스타일이 어떤 건지를 그 몸집에서부터 알려주고
있습니다.

저는 4면에 모두 700여 자의 비문이 적힌 것으로
추정되는데 안타깝게도 지금 알아볼 수 있는 것은
200여 자에 불과합니다.

비문에는 '고려대왕(高麗大王)'이라는 글자가 있는데
고려는 바로 고구려를 뜻합니다. 또 '전부대사자(前部大
使者)'·'제위(諸位)'·'사자(使者)' 등 고구려의 관직 이름이
나타나 있고 '모인삼백(募人三百)'·'신라토내(新羅土內)' 등
고구려가 신라를 칭하던 말들이 쓰여 있습니다.

그 밖에 비석의 글자들로 알 수 있는 것은 고구려는
스스로를 고려라 불렀으며 신라를 '동이'라 낮춰
불렀고 신라왕의 칭호였던 마립간, 이사금을 고구려는
매금이라고 불렀다는 것 등입니다. 또 고구려왕이 신라
매금과 신하들에게 의복을 하사하고, 군대를 신라에
주둔시키는 등 고구려가 신라의 종주국이었음도 알 수
있습니다.

제가 발견된 곳은 충주시 가금면 용전리(발견 당시 지명)의
입석마을이라는 곳입니다. 비석이 서 있는 마을. 저로
인해 마을 이름도 이렇게 지어진 거죠.

고구려비로 새롭게 태어나기 전까지 제가 하던 일은
마을 입구를 지키고 수호석 노릇 하기, 떡이나 음식을
가져다 놓고 아들 낳고 싶다는 사람들 얘기 들어주기,
뭐 이런 것들이었습니다. 말하자면 다른 동네 장승이나
성황당이 하는 일들을 혼자 한 건데 예전부터 사람들이
저를 보통 비석으로 보진 않았다는 거로 그렇게
긍정적으로 이해하고 있습니다.

그러다가 1972년에 중부지방에 큰 홍수가 나는데 그때
저는 물살에 휩쓸려 쓰러지고 말았습니다. 나중에
홍수가 끝나고 사람들이 저를 다시 일으켜 원래 있던
자리에 다시 세워주긴 했는데 그때 저는 '내가 하다하다
이젠 홍수에 떠내려가서 여기서 이렇게 모진 인생
마치는구나'싶었습니다.

그렇게 동네 사람들과 어울려 지내다가 1979년

2월 25일 저는 드디어 생의 대전환을 맞게 됩니다.
충주지역의 향토문화재 동호회인 예성 동호회 사람들이
제 몸에 쓰여있는 글씨들을 발견해 학계에 알린
것입니다. 이날은 제가 1,500여 년의 세월을 넘어 다시
태어난 날입니다.

'예성'이란 충주의 다른 이름으로 고려사에 등장하는데
충렬왕 대에 충주 성벽 초석에 연화 무늬를 조각했으며
그때부터 충주를 예성(蘂城)으로 칭했다는 설이 있습니다.

이로 인해 지역 학계에서는 그 무늬가 있는 성벽 돌을
찾는 게 오랜 관심사 가운데 하나였습니다.

그런데 이 성돌을 발견한 것도 예성 동호회입니다.
사연도 재미있습니다. 동호회 회원들이 자주 가던
식당의 마루 섬돌에 문양이 있는 걸 발견하고 동호회
회장이던 유창종 당시 청주지검 충주지청 검사가 그
돌을 사서 감정을 의뢰한 겁니다. 그때가 1978년 9월
5일이었습니다.

전문가 감정 결과 섬돌에서 아름다운 연화 꽃문양이
나타났고 결국 식당 손님 신발 발판이었던 그 섬돌은
예성의 축조에 쓰여 예성이라는 이름까지 낳게 한,
그 이야기로만 전해오던 신방석(柱礎돌)으로 확인된
것입니다. 이 친구도 참 모진 세월 살아낸 친굽니다.

그 예성 동호회를 이끌었던 유창종 회장이 1년 근무를
마치고 이임할 때 회원들이 마지막으로 환송 답사를

한번 가자고 합니다. 그 답사를 마칠 무렵 일행은 우연히 입석마을 근처에 다다릅니다. 이 마을에 백비(글씨가 없는 비석)가 하나 있는데 거기서 기념사진을 하나 찍자는 제안에 다들 우르르 발걸음을 옮깁니다.

그 시간은 해가 뉘엿뉘엿 져서 저녁노을이 비치던 때였고 그 노을빛을 받아 제 몸에 새겨진 글씨들이 희미하게나마 굴곡을 드러냈습니다.

백비가 아닌 것을 직감한 유 회장 일행은 서울의 전문가에게 심상치 않은 비석을 발견했다고 알립니다. 몇 차례의 탁본과 검토를 거쳐 결국 1979년 4월 8일 단국대학교 박물관 학술조사단에 의해 저는 현존하는 한반도 유일의 고구려비임이 확인됩니다.

비바람을 견디고 홍수에 쓰러지고 새똥 맞아가며 장승과 성황당 노릇하던 흑역사 시절을 버텨내고 드디어 제 자신이 국보 중의 국보였음을 만천하에 알리게 된 영광스러운 순간이었습니다.

고구려비임이 확인된 1979년 4월 8일 마을사람들이 찍은 기념사진

장수왕이 저를 낳았다면 예성 동호회는 저를 찾아준 은인입니다. 예성 동호회는 지금은 예성문화연구회로 이름을 바꿨고 지금도 충주에서 활발한 학술연구 활동을 계속 벌이고 있습니다.

예성 동호회를 이끌었던 초대 회장 유창종 검사는 검사장까지 마치고 퇴직해 지금은 변호사로, 또 유금와당 박물관의 관장을 맡고 있습니다.

제가 세상에 재발견된 이야기 외에 또 하나 품고 있는 사연은 사라진 글자들의 비밀입니다.

만주의 광개토대왕릉비와 저는 비슷한 생김새를 갖고 있다고 말씀드렸는데 비석의 4면에 모두 글자를 새긴 것도 고구려비가 갖고 있는 특징입니다.

그런데 저는 유독 뒷면이 심하게 닳아 있습니다. 뭐 만질만질합니다. 앞과 양 옆면에 비해 상태가 딱 구별되게 안 좋은 거죠. 이 때문에 학계에서는 심지어 제가 원래부터 3면 비가 아니었느냐는 추측도 나왔는데 현재는 광개토대왕릉비와 마찬가지로 4면 비라는 게 정설도 받아들여지고 있습니다.

그렇다면 왜 유독 뒷면의 글자들이 사라진 것이냐 하는 의문이 남습니다. 비바람에 의한 멸실이라고 하기에는 다른 면에 비해 마모 정도가 너무 차이가 큽니다.

범인은 자연 아니면 인간입니다. 그런데 자연일

가능성은 크지 않습니다. 여기서 우리는 사람에 의한 고의 훼손 가능성을 생각해보게 됩니다. 자, 누가 일부러 그랬다면 범인은 누구고 목적은 무엇일까요.

이 대목에서 우리는 일본이 주장하는 왜의 한반도 남부 지배설 '임나일본부설'을 상기해볼 필요가 있습니다.

임나일본부설은 4세기 말에 왜가 한반도 남부에 진출해 백제와 신라, 가야를 지배권에 뒀으며 특히 가야(임나)지역에는 일본부라는 통치기구를 둬서 6세기 중반까지 지배했다는 설입니다.

일본의 임나일본부에 대한 애정은 거의 절대적입니다. 관련 연구가 이미 17세기부터 시작됐고 조선 병합을 앞둔 시점부터는 일본서기 등의 기록을 근거로 확정된 역사적 사실로 다룹니다.

일제가 임나일본부설에 집착했던 이유는 조선 병합의 정당성을 뒷받침하는 논리가 되기 때문입니다. 일본은 임나일본부설을 바탕으로 이미 고대국가 시절부터 한반도는 일본의 지배하에 있던 지역이었고 따라서 한일 병합은 애초 상태로 돌아가는 것이라는 주장을 폅니다.

일본인과 한국인은 같은 뿌리에서 나왔다는 이른바 일선동조론도 바로 이 임나일본부설에 근거하는 것입니다.

일본서기 외에 임나일본부의 근거로 대는 것이

안타깝게도 광개토대왕비입니다. 광개토대왕비의 1면 7행부터 3면 8행까지 이어지는 부분엔 이른바 '신묘년 기사'가 적혀 있습니다.

"왜가 신묘년에 바다를 건너와서 백제와 신라를 파해 신민으로 삼았다(倭以辛卯年來渡海破百殘羅以以爲臣)"

일본은 이 비문이 임나일본부설을 뒷받침하는 것이라고 주장합니다. 일본서기의 기록과 일치하지 않느냐는 거죠. 그렇지만 이 해석은 엉터리입니다. 이 해석은 이렇게 하는 게 맞습니다.

"왜가 신묘년에 바다를 건너 침입했고 이에 (광개토 대왕이) 백제와 왜를 격파하고 신라를 신민으로 삼았다"

광개토대왕비는 대왕의 업적을 쓴 비입니다. 기본적으로 대왕과 혹은 고구려가 주어가 되어야 합니다. 그런데 일본은 유독 신묘년 기사에만 주어를 왜로 놓고 해석을 하고 있습니다. 그렇게 해석한다면 한참 고구려 역사와 대왕의 행적을 설명해가는 와중에 난데없이 왜의 행적이 튀어나오는 것입니다.

고구려는 이렇게 건국되었다.
동명왕, 유리왕, 대무신왕 때 고구려는 이런 나라였다.
대왕이 언제 백제를 정벌했다.
대왕이 동 부여를 정벌했다.
왜가 백제와 신라를 신민으로 삼았다.
대왕이 숙신을 정벌했다.

뭐 이상한 이물질 같은 게 한 줄 끼어 있지 않나요?

'왜가 밀착관계에 있던 백제와 함께 신라를
공격해왔으며 이에 신라를 위해 침략 군대를 격파해주고
신라를 신하의 나라로 만들었다.'

신묘년 기사는 이렇게 광개토 대왕을 중심에 놓고
해석해야 합니다. 자, 이제 본론입니다.

덩치만 작았지 광개토대왕비를 빼닮은 저는 대왕의
아들인 장수왕이 만든 것입니다. 그리고 내용은 비로소
분쟁을 멈춘 고구려와 신라가 앞으로의 우호를 강조하는
것입니다. 또 고구려가 신라를 어떻게 대해줬는지에
대한 설명입니다.

이렇게 양국의 화해모드를 강조하고 의복을 내렸다는
식으로 세세한 설명까지 담긴 비석에 혹시 선대왕인
광개토 대왕이 신라를 위해 왜의 군대를 물리쳐줬다는
사실이 명백하게 쓰여 있었던 건 아닐까요. 그래서
일제가 자신들의 임나일본부설이 일거에 무너지는
증거가 또렷한 비석에 못할 짓을 한 건 아닐까요.

일제는 조선 병합 이후 1915년부터 1935년까지
무려 20여 년에 걸쳐 전국에 산재한 우리 문화재를
그야말로 샅샅이 조사합니다. 그래서 나온 결과물이
조선고적도보라는 책입니다. 무려 15권짜립니다.
일제는 광개토대왕비의 신묘년 기사 역시 일본서기의
내용을 사실로 만들기 위해 비석 자체를 훼손해 글자를

조작했다는 의혹을 받고 있습니다. 말하자면 일제는
이미 유적 훼손 범인으로 용의선상에 오른 수사
대상입니다.

오랜 시간 우리 문화재를 속속들이 조사한 일제는
충주의 시골구석에 처박혀 있던 광개토대왕비 닮은
비석의 실체를 결국 알게 된 게 아닐까요? 저는 이미
그때에 잠을 한번 깼던 게 아닐까요. 일제가 감당 못 할
비기를 간직해오던 저는 그래서 다시 역사 속으로 되
파묻혀진 게 아닐까요.

이 얘기는 합리적인 의심일까요. 무리한 추측일까요.
글자들은 도대체 어디로 간 걸까요.

잃어버린 제 글자들과 숨겨진 비밀을 찾아주세요. 저는
그 비밀을 꼭 알아야만 합니다. 별다른 이유 없이 유독
뒷면의 글자들이 홀연히 사라진 이유를. 고구려의
통쾌한 역사와 안타까운 미스터리를 함께 품고 있는 제
이름은 충주 고구려비입니다.

충주 고구려비

국보 제205호
시대 : 고구려
소재지 : 충청북도 충주시 감노로 2319
(중앙탑면, 충주고구려비전시관)
소유자 : 국유
국보지정일 : 1981년 3월 18일

3

안타깝게
떠나버린
우리 역사의
영웅들

업적으로만 기억되는 것은 부족하다.

'한'이란 표현으로도 부족하다. 그들이 겪은

'인간'을 보아야 비로소 알게 된다.

이순신의
마지막을 둘러싼
논쟁들

3·1

평소 '나라를 욕되게 한 사람이라
오직 한번 죽는 것만 남았노라'
하시더니 이제 나라를 찾았고
큰 원수마저 갚았거늘 무엇 때문에
평소의 맹세를 실천하셨던가.
-

명 수군제독 진린

인류사에 수많은 전쟁영웅들이 있었지만 16세기 조선 해군의 이순신만큼 그 죽음이 안타깝고 드라마틱한 인물은 드뭅니다.

그는 1598년 11월 18일 밤부터 19일 정오 무렵까지 노량 앞바다에서 벌어진 마지막 전투에서 필사적으로 철수하는 왜적 군선을 막아서며 '한 놈도 살려 보내지 말라'고 싸움을 독려하다 적의 유탄에 전사합니다.

이순신과 명군 수군제독 진린의 함대는 순천 왜성에 갇혀 탈출에 골몰하던 고니시의 주력 부대를 포위하고 있었습니다. 그런데 진린이 고니시로부터 뇌물을 받고 사천과 부산 등에 있던 일본 수군에 지원을 요청하는 연락선을 통과시켜 줍니다.

이순신 영정

고니시의 다급한 연락을 받은 왜군은 무려 500여 척의 함선을 동원, 순천의 조명 연합함대를 공격하기 위해 인근 노량 앞바다에 집결합니다. 임진란 최대 격전이 예고되던 11월 18일 저녁 무렵이었습니다.

이순신 함대가 출격한 것은 그날 밤 9시가 다 된 시각이었습니다. 순천을 출발해 노량에 있는 왜적 본진으로 그대로 돌격해 들어간 그의 함대는 50여 척의 적 군함을 일거에 침몰시키고 200여 명의 왜적을 사살합니다.

그러나 수적으로 월등히 우세했던 왜군은 피해를 무릅쓰면서 이순신의 함대를 포위 공격하려는 작전을 폅니다.

이순신의 함대는 필사적으로 싸웠지만 수적인 열세를 이겨내지 못하고 거의 포위망이 완성되어 갈 무렵이었습니다.

이때 후방에 있던 진린의 부대가 전장에 도착합니다. 다시 조명 연합군의 합동 공격을 받은 왜적 군함은 차례차례 각개 격파당하고 500여 척의 배 가운데 불과 50여 척만이 살아남아 관음포 방면으로 도주합니다.

이순신이 흉탄에 피격된 것은 이 50여 척의 패잔병들을 뒤쫓던 때입니다. 진린의 부대는 추격을 포기하고 왜군의 수급을 챙기기 바빴지만 이순신과 그의 함대는 죽기 살기로 도망치는 왜적 군선을 전속력으로 추격합니다.

필사적으로 달아나던 적과 쫓고 쫓기던 난전의 와중에 결국 적의 총탄이 이순신의 가슴을 관통했고 그는 쓰러졌습니다.

'싸움이 급하니 내가 죽었다고 알리지 말라'

(戰方急愼勿言我死)

불세출의 전쟁영웅만이 남길 만한 마지막 유언을 끝으로 임란에서 조선을 구한 이순신은 그렇게 죽음을 맞았습니다.

이순신의 조카 이분(李芬)이 쓴 충무공 행장(行狀. 죽은 이의 일생을 기록한 글)은 그의 마지막을 이렇게 묘사하고 있습니다.

> 19일 새벽에 장군이 한창 전투를 독려하다가 갑자기
> 총탄에 맞았다. "싸움이 지금 급하다. 내가 죽었다는
> 것을 알리지 말라." 장군은 이 말을 남기고 운명했다.
> 이때 맏아들 회와 조카 완이 곁에 있다가 "지금 만일
> 곡소리를 냈다가는 전군이 놀라서 사기가 떨어질
> 것이다. 적들이 또 기세를 얻을 것이다. 시신도 온전히
> 보전하지 못할 수도 있다."고 말했다. 그들은 이어
> 시신을 안고 배 안으로 들어갔다. 장군의 죽음은 친히
> 믿던 부하 송희립도 알지 못 했다.

이순신은 전쟁이 끝난 뒤 권율, 원균과 함께 선무 1등 공신으로 추존됩니다. 죽음마저도 드라마틱했기에 그는 모든 삶을 나라와 백성을 구하는데 바친 완벽한 '구국의 영웅'으로 추앙 받고 있습니다.

삼국지를 읽으면 안타까움에 세 번 책을 덮을 때가 있다고 합니다. 관우가 죽었을 때, 유비가 죽었을 때, 그리고 제갈량이 죽었을 때입니다.

조선의 역사를 소설로 쓴다면 아마 이순신의 마지막 전투 노량해전을 읽고 그만 책을 덮을 독자들도 많을 겁니다.

그러나 23전 23승 무패의 기록으로 시대를 호령했던 영웅의 죽음에는 여러 적지 않은 미스터리도 남아 있습니다.

그중 가장 '문제적 추론'은 이순신이 마지막 전투에 이미 죽을 각오를 하고 나섰다는 이야기입니다.

숙종조에 판서를 역임했던 이민서가 광주목사를 지낼 때 쓴 '김충장공(김덕령) 유사'라는 책을 읽어보면 다음과 같은 대목이 나옵니다.

> "김덕령 장군이 죽고부터 여러 장수들은 (선조의 의심으로 인해) 모두 스스로 제 몸을 보전하지 못할까 걱정했다. 곽재우는 군사를 해산하고 산속에 숨어 화를 면했고 이순신도 난전 중에 갑옷을 벗고 앞장서 나섬으로써(免冑先登) 스스로 탄환을 맞아 죽었다."

김덕령은 임란의 유력한 의병장이었으나 의병 모집을 핑계로 일어난 이몽학의 난을 진압하는 과정에서 이몽학 군과 연관이 있다는 죄목을 뒤집어쓰고 선조에 의해 죽음을 맞습니다. 이민서는 그의 죽음을 애달파하며 그의 활약상과 죽음을 전기로 남겼는데 거기에 이순신과 관련된 대목이 나오는 겁니다.

숙종조에 영의정을 지낸 최석만은 자신의 문집에 이러한 기록을 남겼습니다.

> "세상이 말하기를 이순신은 공이 클수록 살아남기
> 어렵다는 것을 알았으며, 결국 싸움에서 스스로의 몸을
> 버렸다고 한다. 장군의 죽음은 이미 작정한 것이었다
> 한다. 그가 겪었던 처지를 생각해보면 오로지 슬플
> 뿐이다."

최석만은 병자호란 때 청과의 화친을 주장했던 최명길의 손자입니다. 그는 임란 과정에서 조정의 당파싸움과 권력투쟁을 비난하면서 이순신도 결국 조정 대신들의 진흙탕 싸움 희생양이 된 것이라고 한탄하고 있습니다.

이순신과 함께 노량해전을 치른 명 수군제독 진린의 제문에는 이렇게 기록되어 있습니다.

> "평소에 나라를 욕되게 한 사람이라 오직 한 번
> 죽는 것만 남았노라 하시더니 이제 나라를 찾았고
> 큰 원수마저 갚았거늘 무엇 때문에 평소의 맹세를
> 실천하셨던가."

이순신의 부하 장수로 후일 삼도수군통제사를 지낸 유형의 행장에는 "예로부터 대장이 전공을 인정받으려는 생각을 조금이라도 갖는다면 대개는 목숨을 보전하기 어려운 법이다. 그러므로 나는 적이 물러나는 그날 죽음으로써 유감될 수 있는 일을 없애도록 하겠다"고 이순신이 말한 것으로 기록되어 있습니다.

이순신이 죽음을 준비했다는 설 외에 그가 사실은 전사한 것이 아니라는 파격적인 주장도 있습니다.

권위있는 거북선 연구자였던 남천우 전 서울대 교수는 〈유물의 재발견〉〈이순신은 전사하지 않았다〉 등의 저서를 통해 이순신이 전투를 마무리하고 몸을 피해 은둔했다는 가설을 내놨습니다.

남 교수는 이순신의 조카 이분의 행장이 오히려 그가 전사하지 않았다는 결정적인 증거라고 말합니다.

> "조카 이분은 이순신이 죽음을 맞았다는 현장에
> 있었던 조카 이완의 친형으로 당시 상황을 잘 알고 쓴
> 글이다. 그런데 사실은 실제론 일어날 수 없는 허위의
> 내용들이다. 총에 맞고 나서 처음에는 필요한 말을
> 제대로 하였으나 곧바로 죽었다는 대목도 이상하지만
> 전투가 한창일 때 총사령관 주위에 군인들이 아무도
> 없었다는 것은 있을 수 없다."

실제로 실록에 기록된 이순신의 전사 현장에 대한 설명은 이분의 행장과는 많이 다릅니다.

> "노량의 전공은 모두 이순신이 힘써 이룬 것으로 그가
> 탄환을 맞자 군관 송희립 등 30여 명이 상인(喪人. 상을 당한
> 친족, 즉 아들 회와 조카 완을 가리킴)의 입을 막아 곡소리를 내지
> 못하게 하고 군사를 재촉하여 생시나 다름없이… (중략)
> 모든 배가 주장(主將)의 죽음을 알지 못하게 함으로써
> 승세를 이루었다."
> 선조실록 31년 12월 25일 자

권율이 선조에게 보고한 내용도 비슷합니다.

"이순신이 죽은 뒤에 다행히 손문욱(이순신의 일본어 통역관)
    등이 지혜 있게 처리하여 군사들이 끝까지 싸웠다."

남 교수는 이분의 행장이 이순신의 죽음을 믿게끔 하기 위해
나중에 과도하고 불필요하게 그의 마지막 순간을 묘사하고
있다는 것입니다. 남 교수의 설명은 계속됩니다.

    "이분의 행장에는 이순신은 1598년 11월 19일 노량
    바다에서 죽었고 고향인 충남 아산으로 옮겨져
    다음 해 2월 11일 죽은 지 80일 만에 장례를 치른다.
    그 후 15년이 지난 1614년에 600m 떨어진 곳에
    이장한다. 이순신이 죽었다는 소식은 나흘 후인 11월
    23일 선조에게 보고되는데 이때는 전쟁이 끝난 후이며
    장례비도 국가에서 대주었으므로 장례를 늦출 이유가
    없었다. 그런데도 80일이나 지나 치른 것도 이상하고
    15년 후에 이장한 것은 더더욱 이상하다. 이때 비로소
    이순신이 죽었으며 그렇기 때문에 장례를 다시 한
    것이라 생각할 수 있다."

역사 교과서에 기록된 내용이나 우리가 알고 있는 통설은 이
순신은 난전 중에 불의의 피격으로 장렬히 전사했다는 것입
니다. 그러나 장군의 마지막을 묘사한 여러 기록을 볼 때 이
른바 의도한 죽음이라는 가설도 나름대로의 설득력이 있습
니다. 그런데 이 이야기를 다루자면 문제가 좀 생깁니다.

그가 국왕의 핍박을 피해 의도한 죽음을 맞았다고 한다면 권
력과 그의 불편했던 갈등관계가 드러나게 되고 그렇게 되면
'100% 순도의 구국의 영웅'을 이야기해 국민의 나라사랑 정

신을 고양시키려 하는 분들한테는 그 목적에 제대로 부합하지 않게 됩니다.

이런 이유로 그간 이순신을 말할 때 그의 죽음과 선조와의 연관성을 조명하려는 시도는 때로 불온하고 불손하다는 눈총을 받아야 했습니다.

의도된 죽음이냐 아니면 피할 수 없었던 난전 중의 피격이냐, 그의 마지막을 둘러싼 진실은 무엇일까요?

알 수 없는 일이지만 한 가지 분명한 것은 있습니다. 이민서가 남긴 기록처럼 선조가 전쟁을 치른 장수들과 의병장들을 매우 두려워했다는 사실입니다.

전쟁이 터지자마자 평양과 의주를 거쳐 중국으로 도망갈 궁리만 하던 그는 이미 리더십과 지도력을 완전히 상실한 상태였습니다.

그 와중에 장수들 가운데 어느 누구라도 마음만 먹으면 당장에 왕권을 위협할 수도 있는 상황이란 것은 선조 스스로가 가장 잘 알고 있었습니다.

의주까지 머나먼 몽진길을 떠나면서 점점 줄어드는 호종인원들을 보면서 대신과 장수들과 주변의 사람들이 얼마나 쉽게 자신을 배신하는지도 똑똑히 지켜봤습니다.

자신의 아들들인 임해군과 순화군이 조선 사람들의 손에 왜적 군대에 넘겨지는 것도 봤습니다.

그는 선왕인 명종이 후사가 없어 왕실 종친 가운데에서 낙점을 받아 왕위에 오른 '정통성'이 부족한 임금이었습니다. 어차피 적통이 아니라는 것입니다.

그런 선조에게 백성들의 두터운 신망까지 한 몸에 받고 있는 무패의 전쟁영웅 이순신은 특히 두려운 존재일 수밖에 없었습니다. 게다가 이순신은 부산의 가토 부대를 공격하라는 자신의 명령을 거부한 적도 있었습니다.

지금은 충성을 다하고 있지만 왜적이 물러가고 전쟁이 끝난 뒤 전후 처리 과정에서 이 맹수 같은 장수들과 의병장들은 도대체 무슨 생각을 할 것인가. 전쟁이 끝나갈 무렵 선조의 가장 큰 고민은 이것이었습니다.

이순신의 죽음이 의도된 것이란 추측은 최근에 나온 것이 아닙니다. 최석만이 남긴 문집의 기록에서도 알 수 있듯이 선조의 핍박을 이순신이 우려했다는 것은 이미 그 당대에 널리 퍼졌던 인식입니다.

영웅이 떠나고 없는 지금 우리는 그의 죽음을 둘러싼 논란에 대해 어느 것이 진실이라고 결론을 내릴 수는 없습니다. 다만 과거의 기록과 정황을 살펴보고 추측을 할 뿐입니다.

여기서 가장 중요한 것은 목적에 의해서 해석이 왜곡되지 않는 것입니다. 기록을 기반으로 그것이 어떤 의미인지를 모두 논쟁해보는 것입니다. 지금 우리에게 더욱 필요한 것은 영웅보다는 진실 자체를 찾으려는 자세일 것입니다.

장군이 떠난 지 108년이 지난 1708년, 숙종 임금이 친히 현충사의 사액 현판을 내리면서 쓴 제문 일부를 소개합니다.

"귀신같은 지휘 아래 군대는 정숙하여 노량에서
무찌를 제 몸소 탄환 무릅쓰니 적들은 도망가고
남은 송장은 쌓였도다.

하늘은 어이 야속하게 장수의 별빛을 감추었나.
권율과 이정암보다 그 공로 뛰어났고 고경명 조헌과
그 의기 같을지라.

절개에 죽는다는 말은 예로부터 있거니와 제 몸 죽여
나라를 건지는 것은 이분에게서 처음 보네.

남녀노소 거리에 울어 천리에 끊이지 않고 임금께선
표창하여 정승 품계 내렸도다."

독립영웅이
몸 일으킨 그곳
이젠 쓸쓸한
자취만이

3 ▪ **2**

**빨갱이들도 독립운동한 거는 맞지만
그거는 뭐 그냥 그랬구나 정도지,
뭘 기리고 그럴 필요까지는 없지.**

-

연변으로 관광 온 한 나이 지긋한 한국 사람

"저기 안쪽 골짜기가 봉오동입니다." 재작년 중국 연변에 갔을 때 우리 일행의 가이드를 맡았던 안내원 선생님이 버스 창밖으로 지나가는 조그마한 산골짜기 초입을 가리키며 무심하게 던진 한마디입니다. 버스 앞쪽 자리에 앉아 있던 제가 다시 물었습니다. "봉오동이면 그 홍범도 대장이 일본군을 박살냈다는 그 봉오동 말이예요?" "네." 또 한 번 시크하게 한마디 던지는 안내원 선생님.

홍범도 장군의 유인책에 걸린 일본군이 자기 죽을 자리인 줄도 모르고 물밀듯이 저 골짜기로 들이닥치던 그날 밤. 매복 진지에서 숨죽이며 그들을 기다렸을 우리 조선독립군 군인들의 매서운 눈초리가 골짜기 구석구석마다 그득해 보였습니다. 이윽고 민족의 원수들을 거침없이 단죄하는 자랑스러운 우리 군대의 천둥 같은 총소리, 폭풍 같은 함성소리.

'한 놈도 살려 보내지 말라'던 이순신의 남해바다 대격전이 그날 만주벌판 한가운데 여기에서도 벌어졌었지.' 저는 그날 밤 봉오동의 매복 진지에서 홍범도 독립군의 투쟁을 함께 지켜보고 있었습니다. '여기가 책에서만 보던 그 봉오동이란 말이지. 아아 감개가 무량하다는 말은 이럴 때 쓰는 것이로구나.'

홍범도는 1858년 평안북도 양덕에서 태어났습니다. (평북 자성 출신, 평양 출신이란 일설도 있습니다) 그의 어머니는 그가 태어나자마자 7일 만에 세상을 떠났고 아홉 살에는 아버지마저 여의었습니다. 고아가 된 선생은 작은아버지의 농사일을 거드는 한편 부잣집 머슴살이를 하기도 했습니다. 역경의 연속이었던 그의 어린 시절이었습니다.

그는 15살이 되던 해 나이를 속이고 평양 감영의 군인으로 입대합니다. 그는 길지 않은 군 생활 동안 망해가는 나라가 얼마나 썩어있는지를 속속들이 목격합니다. 장교들은 부정과 비리를 서슴지 않았고 사병들은 인간 이하의 대접을 받았습니다. 그런 와중에 선생은 그 학정을 견디다 못해 1886년 장교 한 사람을 구타하고 탈영을 감행합니다.

군문을 나온 선생은 다시 고난의 길로 들어서게 됩니다. 노동자로 어려운 생활을 이어가다 1895년 명성황후 시해 사건으로 전국적인 의병이 일어나자 선생도 드디어 몸을 일으킵니다.

1895년 1월 선생은 강원도 회양에서 봉기한 뒤 일제와 크고 작은 전투를 벌이면서 소총과 탄약을 노획하고 동지들을 규합해 나갑니다.

이듬해인 1896년 선생은 함경도 안변의 학포라는 곳에서 12

명의 인원으로 최초의 부대다운 부대를 구성하는데 이 부대가 홍범도 군의 시작입니다.

일제의 거듭된 탄압으로 을미의병이 와해된 뒤 선생이 재차 무장투쟁을 시작한 것은 1919년 3.1 혁명이 그 계기가 됐습니다.

평화적인 방법으로 독립을 요구한 3.1혁명이 일제의 무자비한 만행과 탄압으로 좌절되자 국내외에서는 무장투쟁으로의 노선 변경이 급속히 진행됩니다.

특히 조선인이 많이 이주해 상당한 기반을 구축한 간도의 두만강 접경 지역은 무장 독립군 세력의 주요 본거지가 됩니다. 현재의 연변, 용정, 화룡, 도문 등이 그곳입니다.

블라디보스톡에 망명해 있던 선생도 1919년 9월 무장투쟁의 임무를 띠고 간도에 도착합니다. 선생은 대한 국민회의의 지원을 받아 대한 독립군을 조직한 뒤 약 400여 명의 인원과 무장을 갖춥니다.

그 시기 간도에서는 대한독립군 외에도 수많은 독립군 부대가 만들어져 끊임없이 두만강을 건너 국내 진공작전을 펼쳤습니다.

선생의 대한 독립군도 최진동의 군무 도독부와 연합해 갑산과 혜산, 자성 등지의 일본군 부대와 일제 통치기관들을 공격해 혁혁한 전과를 올립니다. 특히 대한 독립군은 만포진을 공격해 자성을 근거지로 무려 3일 동안 일본군과 싸우는데 이 과정에서 70여 명의 일본군이 독립군에 의해 사살되었습니다.

일본군과 경찰은 두만강 접경의 경계와 수비 역량을 크게 늘렸지만 독립군의 치고 빠지는 게릴라식의 진공 투쟁에는 속수무책이었습니다.

봉오동 대전투의 서막이 오른 것은 국내 진공 전이 치열하게 벌어지던 1920년 6월 4일이었습니다.

대한 독립군과 군무 도독부의 연합부대 가운데 1개 소대 병력은 이날 화룡현을 출발해 두만강을 도강, 함북 종성의 강양동에 있는 일본군 국경 초소를 공격합니다. 초소를 격파당한 일본군은 이튿날 남양에 주둔하던 19사단 남양 수비대와 헌병 경찰 중대를 동원해 두만강을 넘어 추격해옵니다.

그러나 이 부대는 두만강 북쪽 접경 삼둔자라는 곳에 매복해 있던 홍범도 연합부대에 의해 격퇴됩니다.

연합부대 이화일 소대장은 강을 건너온 일본군과 교전과 후퇴를 반복하며 주력이 매복해 있는 삼둔자의 봉화리까지 적을 유인합니다. 이화일 소대를 뒤쫓아온 일본군은 결국 봉화리에서 연합부대 본진의 거센 공격을 받고 60여 명의 전사자를 남긴 채 다시 후퇴합니다.

바짝 약이 오른 일본군은 6월 6일 다시 약 250여 명의 병력을 꾸려 '월강 추격대대'를 구성하고 재차 두만강을 건넙니다. 바로 이 월강 추격대대가 바로 홍범도 군에 의해 봉오동에서 궤멸된 부대입니다.

일본군의 공격 첩보를 입수한 연합부대는 홍범도의 지휘 아래 모두 6개 중대를 편성하고 이 중 4개 중대는 봉오동을 둘러싼 고지와 숲 속등 4면에 매복합니다. 나머지 2개 중대는 홍범도가 직접 인솔해 일본군 주력이 매복지로 들어오도록 유인합니다.

드디어 6월 7일 새벽 홍범도의 전초부대가 일본군과 접촉해 첫 교전이 시작됩니다. 삼둔자에서처럼 일본군은 점점 홍범도의 유인책에 걸려들었고 결국 그날 오후 봉오동 골짜기 한가운데에서 아군의 맹렬한 공격을 받고 궤멸됩니다.

오후 3시경 주력이 격파당한 일군본 잔여 병력은 마지막 탈출을 위해 동쪽 고지를 집중 공격합니다. 그러나 이 공격에서도 일본군은 숱한 전사자를 냈으며 극히 일부만이 탈주에 성공합니다.

일본군은 157명의 전사자와 200여 명의 부상자를 냈고 남은 패잔병들은 온성 방향으로 패주했습니다. 아군의 피해는 사망 4명, 부상자 약간 명이었습니다.

이것이 이순신의 노량해전 이후 조선 군대가 일본 정규군에게서 거둔 첫 대승인 봉오동 전투입니다. 이 전투의 승리로 간도의 독립군 부대는 크게 기세를 올렸고 일본군에 대한 필승의 자신감을 갖게 되었습니다.

전멸에 가까운 대패를 당한 일본은 정규군을 만주에 진입시켜 대대적으로 독립군을 토벌할 계획을 세웁니다. 그것이 봉오동에서 참패를 당한 두 달 뒤 내놓은 이른바 '간도 지역 불령선인 초토화 계획'이라는 것입니다.

일제가 중국의 영토인 만주에 병력을 동원하기 위해서는 핑계가 필요했습니다. 일제는 중국의 마적을 포섭해 10월 2일 훈춘현의 일본 영사관을 고의로 습격하게 사주합니다. 소위 훈춘사건입니다.

훈춘사건을 조작한 일본은 이를 기화로 중국에 피해 보상과 마적단 소탕을 강력 요구하는 한편 이에 대한 중국의 반응이 나오기도 전에 만주 내 일본인과 일본인 재산 보호를 명목으로 대대적으로 병력을 만주에 투입합니다.

간도의 독립군 부대는 봉오동 전투 이후 일제의 이러한 의도를 간파하고 있었습니다. 독립군 부대는 근거지를 계속 사수할 경우 조선인 민간인들의 피해가 극심할 것을 우려해 백두산 인근으로 집결한 뒤 그곳에서 결전을 치르기로 결정했습니다.

이에 따라 홍범도 부대도 봉오동과 도문 등 근거지를 떠나 백두산을 향해 서쪽으로 행군을 개시했습니다. 북간도에서 활약하던 김좌진의 북로군정서, 대한 신민단, 국민 회군 등의 다른 독립군 부대도 함께 이동을 시작합니다. 이때가 1920년 10월 초중순 경입니다.

10월 20일 이들 부대는 마침내 백두산으로 가는 길목인 화룡현 2도구, 3도구 방면으로 집결했습니다.

한편 독립군 부대의 이동 상황을 정탐하던 일본군도 대규모 부대가 화룡에 집결해 있다는 정보를 입수하고 병력을 이동시킵니다. 독립투쟁사에 찬란히 빛나는 청산리 대첩은 이렇게 시작되었습니다.

10월 21일 오전 8시경 일본군 야마다 토벌대는 백운평에서 김좌진의 북로군정서 병력과 맞붙입니다. 일본군을 백운평 골짜기로 밀어 넣는데 성공한 김좌진 부대는 치열한 접전 끝에 대승을 거둡니다.

이어서 홍범도가 지휘하던 연합부대 본진 역시 화룡 2도구 완루구에서 일본군 선봉부대를 격파합니다.

그 뒤 10월 26일까지 홍범도의 연합부대와 김좌진의 북로군정서는 일본군 37여 단장 아즈마 소장이 직접 지휘하는 보병 주력과 이이쓰가 부대, 27연대의 주력 등 적군에 맞서 천수평, 어랑촌, 대굼창, 맹개골, 천보산, 고동 하곡 등지에서 대소 10여 차례의 격전을 치르며 적의 예봉을 완전히 꺾고 승리합니다. 이때 화룡 일대의 골짜기는 그야말로 독립전쟁 전승의 산하였습니다.

임시정부의 조사에 의하면 당시 일본군의 피해는 전사 1,200여 명, 부상자 2,100여 명이었고 아군의 피해는 전사 130여 명, 부상자 220여 명이었습니다.

적은 병력이지만 지형지세를 십분 이용한 전술 구사와 죽음도 두려워하지 않는 맹렬한 독립의지가 이룬 청산리 대첩이었습니다. 청산리의 승리는 임란의 이순신 승리 공식 그대로였습니다.

그러나 안타깝게도 독립전쟁 영웅의 화려한 투쟁은 여기까지였습니다. 이후 선생이 걸어간 길은 다시 고난과 역경으로 이어지고 맙니다.

청산리 대첩 이후 선생은 700여 명의 독립군을 이끌고 러시아 자유시로 이동합니다. 연해주 일대의 독립군들은 일본의 압박이 계속되고 중국도 비우호적으로 태도가 바뀌어 가면서 러시아령인 자유시로 모이게 됩니다. 러시아가 독립군 부대를 물적으로 지원해줄 수 있을 것으로 믿었기 때문입니다.

그러나 러시아 혁명이 끝난 뒤 철석같이 믿었던 볼셰비키 정부는 한인 독립군을 의심의 눈초리로 보기 시작합니다.

자유시의 독립군은 임시정부와 연계되어 있던 대한 의용군과 러시아 측과 관계가 있던 고려혁명군으로 나뉩니다.

이들은 내부적인 주도권 경쟁을 벌이다가 결국 볼셰비키 정부가 대한 의용군에 대한 무장해제를 결정한 것을 계기로 서로에게 총부리를 겨누게 됩니다. 독립운동사 최대의 비극인 이른바 자유시 참변입니다.

이 한인 독립군 간의 분쟁으로 인해 무장투쟁 역량은 결정적으로 와해되고 말았습니다. 홍범도 역시 이 비극의 소용돌이 속에서 항일 무장투쟁을 치러야 할 총을 내려놓게 되고 연해주의 집단농장에서 일하며 한인 농민들의 생활 향상 등에 애쏩니다.

그러다가 1937년 9월 스탈린 정부의 강제 이주 정책에 따라 동포들과 함께 카자흐스탄으로 쫓겨나 극장 수위 등을 전전하다 1943년 10월 25일 카자흐스탄의 크즐오르다에서 75세를 일기로 세상을 떠납니다. 독립투쟁사에 큰 획을 그은 전쟁 영웅의 안타까운 죽음이었습니다. 그의 유해는 낯선 이국의 공원묘지에서 묻혀 아직도 고국으로 돌아오지 못하고 있습니다.

그는 청산리대첩이 끝난 1922년 소련 공산당에 가입합니다. 그 이유는 러시아가 유일하게 연해주의 독립군 부대를 지원해줄 수 있을 것이라고 믿었기 때문입니다.

그러나 이는 선생이 해방된 조국에서도 잊히게 된 이유가 됐습니다. 러시아도 그를 배반했고 반공을 국시로 했던 해방 조국도 그를 제대로 기억하지 않았습니다.

독립 전쟁사를 통틀어 가장 빛나는 승리를 거둔 조선독립군 지휘관이었지만 그는 러시아에 배반당했고 해방된 대한민국에서는 기억되지 못한 수많은 사회주의 계열 독립운동가 가운데 한 사람이 됐습니다.

간도를 찾는 한국 사람들은 대략 두 가지 부류라고 합니다.

버스에서 봉오동 골짜기를 보고 감회에 젖어 빠져나오지 못하던 그날, 숙소에서 저녁을 먹을 때 안내원 선생님한테 다시 물어봤습니다. "청산리도 여기서 멀지 않겠네요." "그렇죠. 내일 백두산 갈 때 거기 근처도 지나갈 거예요."

안내원 선생은 봉오동이나 청산리, 일송정, 해란강 등등 항일 유적지를 보면 관광객들은 대략 두 가지 부류로 나뉜다고 합니다. 감개무량해서 어쩔 줄 몰라 하는 사람들이 있는 반면 시큰둥한 사람도 적지 않다는 거죠.

그중에 어떤 나이 지긋한 관광객이 했다는 말. "빨갱이들도 독립운동 한 거는 맞지만 그거는 뭐 그냥 그랬구나 정도지. 뭘 기리고 그럴 필요까지는 없지." 많은 분들이 아시다시피 간도는 무장투쟁의 본거지였습니다.

길게는 병자호란 이후 짧게는 1800년대 중후반부터 간도를 개척한 조선인들이 없었다면 1919년 이후의 무장투쟁도 아마 없었을 것입니다.

산해관을 넘어 명나라를 물리치고 중원을 차지한 청은 백두산 이북의 만주를 자신들의 발상지라고 해서 청국인과 조선인 모두를 출입 금지 시키는 봉쇄 구역으로 선포합니다. 이 조치로 조선 후기에는 조선인이 두만강을 넘는 것을 엄격하게 금지했습니다. 수백 년을 이 땅이 빈 땅으로 내려온 것입니다.

그러나 조선말 가뭄과 수탈이 계속되자 더 이상 조선 땅에서 삶을 이어나갈 수 없었던 함경도의 조선인들은 두만강을 넘어 그곳을 개척해 농사를 짓고 생활터전으로 만들어 나갑니다. 대략 철종 연간입니다.

특히 1869년을 전후한 시기 함경도에 대흉년이 들자 살 곳을 찾아 떠나는 사람들의 행렬이 두만강으로 꾸역꾸역 밀려듭니다. 이렇게 두만강을 건너간 사람들이 정착해 만든 마을이 바로 간도의 조선인 밀집 지역입니다. 훈춘, 화룡, 용정, 도문, 연변 등지입니다.

연변에서 온 조선족을 우리는 무시하는 경우가 많지만 사실은 이들 다수는 그곳을 근거지로 해 일본과 싸웠던 독립군의 후예이거나 독립군을 지원했던 사람들의 자손들일 가능성이 큽니다. 윤동주나 송몽규 등도 용정의 명동촌 출신입니다.

북간도의 골짜기들은 독립군 근거지가 아닌 곳이 없고 그곳의 마을들에는 모두 항일 지도자가 될 후학들을 키우는 학교가 없는 곳이 없었습니다. 간도는 그렇게 우리 독립운동가들의 숨결이 깊이 배어 있는 곳입니다.

1930년대 중반 무렵 만주를 순회공연하던 '예원좌'라는 극단이 있었습니다. 이 극단이 도문에 왔을 때 극단 작곡가 이시우는 두만강가의 한 여관에 들었는데 한밤중에 어떤 여자가 서럽게 통곡하는 소리를 들었습니다. 애간장이 끊어지는 듯이 밤새 울부짖는 소리에 잠을 이루지 못한 이시우는 다음

날 여관 주인에게 사연을 물었습니다.

> "밤에 울던 그분은 사실 제 친구의 부인입니다.
> 제 친구는 독립군인데 조선에서 항일 운동을 하다가
> 일본 경찰에 쫓겨 독립군이 되겠다고 간도에 왔습니다.
> 부인은 각지를 떠돌며 소식 한 장 없던 남편을 여기저기
> 수소문하다 결국 남편이 간도에서 독립군이 됐다는
> 얘길 어찌어찌 들었나 봅니다. 그날로 짐을 싸서 남편을
> 찾기 위해 천 리 길도 마다않고 죽을 고비를 넘겨가며
> 여기까지 찾아왔습니다. 그런데 그 남편은 일본군과
> 싸우다가 체포돼서 결국 총살당하고 말았습니다.
> 부인이 남편을 보기 위해 여기까지 찾아왔는데 남편이
> 총살됐다는 소식을 듣고 그만 그렇게 정신을 놓더군요.
> 밤새 울다가 아침에 물 한 그릇 떠놓고 남편 제사를 모신
> 뒤 부인은 다시 떠났습니다."

나라를 되찾겠다는 일념 하나로, 우리 후손에겐 기필코 나라를 되찾아 줘야 한다는 일념 하나로, 목숨까지 바쳐가며 일본과 맞서 싸우다가 그 남편과 자식을 잃은 혁명가의 아내와 어머니가 어찌 이 부인뿐이겠는가마는 그 사연이 너무 절절하고 가슴 아파 말한 이와 들은 이가 모두 어찌할 바를 몰랐습니다.

이시우는 도문에서 만난 한명천이라는 문학가에게 이 사연을 들려줬고 그가 그 자리에서 가사를 쓴 뒤 본인이 곡을 붙여 노래 하나를 만들었습니다. 그 노래가 바로 '눈물 젖은 두만강'입니다. 동아일보 1973년 3월 6일 자에는 작곡가 이시우가 '눈물 젖은 두만강'을 작곡하게 된 사연이 실려 있습니

다. 우리에게 간도는, 도문과 연변과 용정과 화룡은 그런 곳입니다. 〈눈물 젖은 두만강〉 기사를 덧붙입니다.

두만강 푸른 물에 노 젓는 뱃사공
흘러간 그 옛날에 내 님을 싣고
떠나든 그 배는 어데로 갔소
그리운 내 님이여
그리운 내 님이여 언제나 오려나
강물도 달밤이면 목메어 우는데
님 잃은 이 사람도 한숨을 지니
추억에 목메인 애달픈 하소
그리운 내 님이여
그리운 내 님이여 언제나 오려나
님 가신 강 언덕에 단풍이 물들고
눈물진 두만강에 밤새가 울면
떠나간 그 님이 보고 싶구나
그리운 내 님이여
그리운 내 님이여 언제나 오려나

눈물 젖은 두만강의
노래 사연을 보도한 신문기사

조선 최고의
침의(鍼醫)가 된
노비

6품직의 허임에게 한때 조그마한 공로가
있다 해도 어찌 통정대부의 가자를 제수할 수
있겠습니까. 세상 물정이 이를 경악스럽게
생각하고 있으니 거두어 주소서.
-

사헌부 장령 최동식

계유정난으로 조카를 내쫓고 왕위에 오른 수양대군에 2대에 걸쳐 저항한 가문이 있습니다. 하양 허씨 문중이 그 주인공입니다.

세종 연간에 좌의정에 오른 허조는 황희와 더불어 세종 치세를 이끌어간 명재상이었습니다. 직언과 간쟁을 서슴지 않았던 그는 당대에도 깐깐하고 융통성 없기로 명성이 자자했습니다. 태종은 생전에 세종에게 양위하면서 허조에 대해 이렇게 평했습니다.

"이 사람은 나의 주춧돌이다."

그가 이조판서로 10여 년간 재직하면서 가장 애쓴 것은 투명한 인사시스템의 정착이었습니다. 발탁과 평가 과정에서 집단적인 토론 체계를 도입했고 거기다 시중의 여론까지를 모두 참작해 인재들을 선발했습니다.

그는 또 엄격한 절차를 거쳐 선발된 인재들이 혹시 잘못된 관행과 싸우다가, 왕이나 대신을 비판하다가 쫓겨나는 것을 막기 위해 최선을 다했습니다. 어렵사리 선발된 인재들이 기득권 세력과의 갈등으로 혹은 모함으로 처벌받는 것을 그는 국가적인 인력 손실이라고 생각했습니다.

허조는 또 스스로에게 더욱 엄격했던 청백리였습니다. 같이 세종을 보필한 황희가 이런저런 구설수나 부패로 논란을 사기도 한 것에 비하면 허조의 자기관리는 완벽에 가까웠습니다.

꼬장꼬장한 성격에 주변까지 말끔하니 그 주변의 동료나 부하관료들에게는 그게 마냥 좋아 보이지는 않았던 모양입니다. 또 젊은 관료들에게 인사를 똑바로 하지 않는다는 둥, 옷차림이 정갈하지 못하다는 둥 지금으로 치면 '꼰대' 노릇도 많이 했던 것으로 여러 일화들이 전해옵니다.

원리원칙을 따지는 꼬장꼬장함에 있어서는 그의 형인 허주가 허조보다 한 수 위였습니다. 한 번은 허조가 형 대신에 제사를 모셨는데 제사 순서를 조금 바꿨다고 해서 허주는 한동안 문을 걸어 잠그고 허조를 찾아와도 만나 주지 않아서 며칠을 허조가 문밖에서 빈 연후에야 화를 풀었습니다. 그 집안의 가풍이 대체로 이와 같았습니다.

허후는 그 허조의 아들입니다. 허후는 문종 1년에 우참찬에 올랐고 이듬해에는 예조판서에도 등용되었습니다. 문종은 승하하면서 영의정 황보인, 좌의정 김종서, 그리고 예조판서 허후에게도 단종을 보필해달라는 고명을 남겼습니다.

조선 개국 이래로 재상을 배출한 명문가였던 하양 허씨 가문은 그러나 세조의 왕위찬탈로 집안이 풍비박산의 지경에 이릅니다.

황보인과 김종서를 죽인 1453년 계유정난의 난군들은 허후의 집에도 밀려들었지만 반정 전날 허후가 수양대군을 직접 면담했던 것이 알려져 간신히 죽음을 모면하게 됩니다. 그러나 그는 수양대군이 대신들을 죽인 것은 큰 죄라며 황보인과 김종서의 무죄를 적극 주장했습니다.

직언을 서슴지 않는 꼬장꼬장한 가풍을 이어받은 허후가 어떻게 새로운 권력자에게 대들었는지는 굳이 설명이 필요 없을 것입니다.

쿠데타의 수습을 해야 하는 시점에서 더는 피를 묻히기 꺼렸던 수양은 즉시 허후를 죽이지는 않았지만 결국 거제도로 유배 보내진 뒤 거기서 교살형에 처해져 죽음을 맞습니다.

허후의 아들은 허조로 할아버지와 이름이 같습니다. 1455년 집현전 부수찬이었던 허조는 다음 해 성삼문, 박팽년 등 세종과 문종의 은혜를 입은 집현전 학사 출신 관리들에 의해 벌어진 단종복위 사건에 가담합니다.

거사일이었던 1456년 6월 1일 함께 세조의 암살을 공모했던 김질의 배반으로 암살 시도가 결국 수포로 돌아가자 주모자인 성삼문 등 6인의 사육신은 고문 끝에 사형당했고 허조는 집에서 스스로 목숨을 끊습니다.

아비와 아들이 모두 세조에게 반역한 허씨 집안은 이로써 역적의 가문으로 그야말로 폐족이 되었고 그 후손들은 모두 재상가의 자식에서 노비의 신분으로 추락했습니다.

허조의 아내와 딸은 전 판중추원사 이계전에게 하사되었고 아들들을 모두 교형에 처해졌습니다. 그러나 손자인 허충은 나이가 어려 죽음을 면하고 유배가 되어 가까스로 가문이 멸문되는 것을 피할 수 있었습니다.

조선의 최고 침의 허임은 세종조 허조의 9대손입니다. 가문이 풍비박산이 난 뒤 그의 조상들은 대대로 관노로 치욕스러운 삶을 살아야 했습니다. 허임은 출생과 사망 시기를 알 수가 없는데 실록 등의 기록으로 추정하면 대략 1570년 어간에 태어난 것으로 보입니다. 임진왜란을 치른 선조와 광해군 연간이 그가 활약했던 시대였습니다.

실록에 따르면 허임의 아버지는 허억복이라는 관노 신분의 악공이었습니다. 어머니도 사노 출신의 미천한 신분이었으며 허임은 서울에서 태어나 전라도 나주에서 자랐는데 그 과정은 분명하게 전해지지 않습니다.

허임이 의술을 익히게 된 이유는 그의 저서 '침구경험방'에 간략히 기록되어 있습니다.

> "어렸을 때 부모님의 병 때문에 의원에서 일을 해주며
> 오랫동안 노력하여 의술에 틔었다."

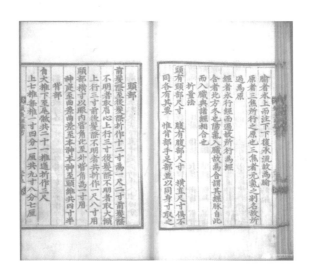

침구경험방

그는 교육을 받거나 스승으로부터 사사를 받은 게 아니라 의원에서 일을 하면서 어깨너머로 의술을 익혔다고 밝혔습니다. 이 당시엔 대부분 이렇게 의술을 배우는 게 일반적이었습니다. 이렇게 익힌 의술로 그는 지방에서 침의로 점차 이름을 얻기 시작합니다.

1592년 임진왜란이 터지자 그는 광해군의 분조에 참여합니다. 임란 중에 광해군에게 침으로 치료했다는 실록의 기록이 있는데 이것이 그에 대한 실록의 첫 기록입니다.

허임은 1593년 광해군의 서남 행시에 따라나서 11월에서는 해주에서, 12월에는 삼례역에서 3일 간격으로 광해군에게 침술을 시행했습니다.

임란중 허임은 광해군을 수행하면서 세자와 그 수행원, 그리고 세자가 지나갔던 고을의 백성들을 돌봤던 것으로 추정되며 전쟁이 끝나자 능력을 인정받아 내의원으로 발탁된 것으로 보입니다.

실록에 허임의 이름이 나오는 것은 모두 15차례 가량입니다. 3분의 1은 그가 왕이나 대신을 치료했다는 기록, 또 3분의 1일은 그에게 이런저런 포상과 직위를 하사했다는 것, 나머지 3분의 1은 대간들이 그에게 포상과 직책을 내리는 것을 반대했다는 내용입니다.

그는 실록에 오를 만큼 여러 차례 VIP에게 중요한 시술을 했으며 그것이 매번 성공적이어서 포상을 받았고, 그러나 그의 천민 출신을 문제 삼아 신료들이 그에 대한 포상을 격렬하게 반대했습니다.

포상이 과하다는 실록의 기록은 허임 같은 의관뿐만 아니라 역관 등 다른 기술관료에 대해서도 마찬가지입니다. 능력으로도 어찌해볼 수가 없는 계급사회의 단면이 여기서도 나타납니다.

과거제가 공평한 인재 발탁 제도인 것은 맞지만 조선 후기로 갈수록 과거가 점점 타락하고 권세가 자제들이 독점하는 합법적인 관직 진출 통로로 악용되기 시작합니다.

이미 합격자가 정해진 시험에서 영원히 합격할 수 없는 돈 없고 낮은 신분의 응시자는 그런 처지를 비관해 술에 빠지고 도박에 빠집니다.

공부 않고 준비하지 않고 마냥 세월만 보내도 합격이 보장된 명문가 자손들은 노력할 필요가 없기 때문에 또 술에 빠지고 도박에 빠집니다.

조선이 말기로 갈수록 젊은 신진들을 누구랄 것도 없이 술집으로 기방으로 도박판으로 모이게 만드는 사회가 된 것이 조선의 패망과 무관한 일은 아닐 것입니다.

허임의 침술을 최고로 인정한 것은 같이 내의원에 있었던 동의보감의 저자 허준입니다. 평소 편두통이 심했던 선조가 통증이 참을 수 없이 극심해지자 승지와 의관들을 불렀습니다. 실록의 기록입니다.

"허임이 2경 무렵 편전에 입시하였다. (중략) 상이 '침을
놓는 것이 어떤가' 물으니 허준이 말하기를 '침의들은
항상 말하기를 침을 통해 열을 낮추어야 통증이
줄어든다고 하는데 소신은 침을 잘 알지 못합니다.
허임이 평소에 말하기를 경맥을 이끌어 낸 뒤 아사혈에
침을 놓아야 한다고 했는데 지금 이 말이 일리가 있는
듯합니다.'
상이 병풍을 치라고 명하였고 왕세자와 의관은 방안에
입시했고 제조 이하는 모두 방 밖에 있었다. 남명이 혈을
정했고 허임이 침을 들었다. 상이 침을 맞았다."

1604년, 선조 37년 9월 23일 자 기사

허준은 침을 놓을 의관으로 자신보다 허임을 추천했고 왕이
이를 받아들여 허임이 침을 놓은 것입니다. 이 기록으로 우
리는 침술에 관한 한 허임이 당대 최고로 인정을 받았다는
것을 알 수 있습니다.

"상이 비망기를 내렸다. 편두통을 앓아 침을 맞을 때
약방 도제조 좌의정 유영경에게 내구마 1필을 하사한다.

제조 평천군 신잡과 도승지 박승종, 침의 허임과 남영은
한 자급씩 가자하라."

1604년, 선조 37년 10월 23일

실록의 이 기록으로 9월 23일의 침 시술은 성공적이었고 허
임은 또 한 번의 포상을 받았다는 것을 알 수 있습니다.

허임은 노비 출신으로 면천되어 당상관의 지위에 올랐으며
경기 양주, 부평 등지의 지방 수령에 임명되기도 했습니다.
그러나 국왕이 포상이나 직위를 내릴 때마다 사헌부와 사간
원의 대간을 일제히 '아니 되옵니다'를 외쳤습니다.

편두통 시술에 왕이 포상하자 사헌부 장령 최동식은 부당함
을 호소하는 상소를 올립니다.

"6품직의 허임에게 한때 조그마한 공로가 있다 해도
어찌 통정대부의 가자를 제수할 수 있겠습니까. 세상
물정이 이를 경악스럽게 생각하고 있으니 거두어
주소서."

선조가 승하하고 광해군이 즉위한 뒤 허임에게 마전 군수의
직위를 내리자 사헌부는 의관에게 목민의 직위를 제수하는
것은 부당하며 다른 사람으로 군수를 바꾸라고 주장합니다.

광해군이 이를 물리치고 허임은 군수로 부임을 하는데 이번
에는 관아의 아전들이 반발하고 나섭니다. 중인도 아닌 노비
출신이 군수라는 것을 받아들일 수 없다는 것입니다.

대간들은 이에 허임이 제대로 조직을 장악하지 못하고 있다
며 다시 탄핵 상소를 올립니다. 견디지 못한 광해군은 허임
을 군수직에서 해임하는데 허임은 이에 실망해 나주로 낙향
합니다. 그 뒤론 왕이 불러도 상경하지 않았습니다. 사간원
이 다시 나서서 "국왕이 부르는데도 상경하지 않는 것은 불
충의 마음을 품고 있는 것"이라며 허임을 연행해 국문해야
한다고 주장합니다. 노비 출신 기술 관료를 대하는 조선의
인식이 가히 이와 같이 강경했고 끈질겼습니다.

광해군 12년 허임은 다시 경기 양주 목사에 제수합니다. 사
헌부는 다시 상소를 올려 반대하고 왕은 허임을 부평 부사로
전출합니다. 허임이 남양 부사로 다시 옮겨와 있을 무렵 광
해군 15년에 인조반정이 일어납니다. 이로써 허임은 모든 공
직 생활을 끝냅니다.

허임은 광해군과 함께 누빈 임진년 전쟁터 중 하나였던 충청
도 공주로 낙향합니다. 그가 공주를 선택한 이유는 잘 알려
지지 않았으나 자신을 끝까지 보호하려 애썼던 광해군과의
추억이 깃든 곳이 아닐까 합니다.

허임은 공주에서 필생의 역작 '침구경험방'을 저술합니다.
이 책은 조선 최초의 침술 전문 연구서입니다. 동의보감이
각종 약재와 사용법 등에 중점을 둔 책이라면 이 책은 응급
의학으로써 침술법을 설명하고 있습니다.

허임은 이 책의 저술 동기를 이렇게 밝혔습니다.

"지금은 노쇠하여 올바른 정법이 전하여지지 못할까

걱정이다. (중략) 옛사람의 저술과 견주려는 것이 아니라 다만 일생을 고심한 것을 차마 버리지 못하여 쓴 것이다. 읽은 사람들이 이에 뜻을 더하여 병을 고치고 활인하는데 도움이 되길 바랄 뿐이다."

충언과 간쟁을 피하지 않으며 왕실의 정통을 세우려다 결국 비극을 맞은 정승 가문 출신.

출생의 비천함을 딛고, 신분제 사회라는 한계를 뛰어넘어 오로지 노력으로써 일가를 이루어 마침내 조선 최고의 침의라는 명성을 얻은 의사. 그렇지만 당대에나 현재에나 제대로 세상이 알아주지 않은 사람.

허임의 '침구경험방' 저술 동기는 결국 일생을 사람의 병을 고치는 데만 헌신해온 노 의학자가 후세에 인술을 펼치려는 사람들에게 주는 조언이라고도 할 수 있겠습니다.

1644년 인조 22년 '침구경험방'은 출판물로서 간행되어 현재에 이어지고 있습니다. 당시 내의원 제조였던 이경석이 쓴 서문을 덧붙입니다.

"태의 허임은 신의 의술을 가졌으며 평생 구하고 살린 사람을 손으로 꼽을 수가 없다. 죽어가는 사람도 살려내 명성을 떨쳤고 침의의 으뜸 자리에 올랐다."

조선의
무자비한 여성 제왕
문정왕후(文定王后)

문정왕후와 그의 아우 윤원형이 중외에서
권력을 전천하매 20년 사이에 조정의 정사가
탁란하고 염치가 땅을 쓸어낸 듯 없어지며
생민이 곤궁하고 국맥이 끊어졌으니 종사가
망하지 않은 것이 다행일 뿐이다.

-

명종실록

조선은 여왕이 없는 나라였습니다. 그러나 여왕은 아니었지만 여왕보다 더한 권력을 휘두르며 폭압 정치를 폈던 문제적 권력자가 있었습니다. 조선 13대 임금 명종의 친모 문정왕후입니다.

역사가들 사이에선 문정왕후를 두고 남존여비 사상에 맞선 여성 영웅으로 보는 시각들이 있습니다. 그런 관점에서 보면 그는 확실히 조선의 남녀 차별 사회에서 이질적인 인물인 것은 맞아 보입니다.

그러나 그는 여성 권력자라고 해서 여성의 권익 신장을 위한 어떠한 정책도 내놓은 바가 없습니다. 그저 왕의 어미로서 갖게 된 권력을 십분 활용해 자신의 나라를 만든 것뿐입니다.

왕의 아비로 권력을 쥐었지만 어떤 시대적 흐름도 타지 못한 채 망국의 길을 간 고종의 친부 흥선대원군처럼 문정왕후 역시 그 권력을 누리는 것에만 충실했던 오명의 권력자가 아닐까요.

문정왕후의 묘인 서울 공릉동 태릉.
죽왕이 능처럼 웅장하고 화려하게 구며져 있다.

오히려 문정왕후의 폭정은 '여성이 정사에 나서면 나라가 흔들린다'는 케케묵은 양반들의 인식을 더욱 굳게 만드는 역할을 한 측면이 있습니다. 조선 후기 양반 관료들이 왕비나 대비 등 왕실 여성들의 정치 참여를 억누르면서 항상 내놓던 논리는 '문정왕후를 다시 보려 하느냐'는 것이었습니다.

왕실뿐만 아니라 서얼이나 중인계급의 사례에서도 많이 볼 수 있듯이 더욱 공고화된 남존여비의 흉물스러운 논리에 밀려 훌륭한 재능을 지녔으나 결국 역사에 기록되지 못하고 사라져간 여성들도 아마 숫자를 헤아리기 어려울 것입니다.

가문의 힘으로 권력을 쥔 뒤 혼자만 좋은 시절 잘 누리고 그 결과로 여성 후진들의 기회의 문을 닫아버리는 논리를 만들고만 문정왕후의 사례는 아마 지금의 현실에도 던지는 교훈이 적지 않을 것입니다.

그 시기 백성들의 삶은 어떠했을까요. 이를 잘 말해주는 것이 임꺽정의 난입니다. 문정왕후의 치세는 조선에서 가장 장기간 벌어졌던 민중반란이 일어났던 때입니다.

경기도 포천의 임꺽정 동상

대략 1559년 (명종 14년)부터 1562년까지 약 3년간이나 저항한 이 반란 세력은 실록에는 도적떼로 묘사되고 있지만 실상은 부패한 권력에 대한 조직적인 민중의 저항이자 신분 해방 운동이었습니다.

"사신은 논한다. 도적이 성행하는 것은 수령의 가렴주구 탓이며, 수령의 가렴주구는 재상이 청렴하지 못한 탓이다. 지금 재상들의 탐오가 풍습을 이루어 한이 없기 때문에 수령은 백성의 고혈을 짜내어 권요(權要)를 섬기고 돼지와 닭을 마구 잡는 등 못하는 짓이 없다. 그런데도 곤궁한 백성들은 하소연할 곳이 없으니, 도적이 되지 않으면 살아갈 길이 없는 형편이다. (중략) 진실로 조정이 청명하여 재물만을 좋아하는 마음이 없고, 수령을 모두 공(龔)·황(黃) 과 같은 사람을 가려 차임한다면, 검(劍)을 잡은 도적이 송아지를 사서 농촌으로 돌아갈 것이다. 어찌 이토록 심하게 기탄없이 살생을 하겠는가. 그렇게 하지 않고, 군사를 거느리고 추적 포착하기만 하려 한다면 아마 포착하는 대로 또 뒤따라 일어나, 장차 다 포착하지 못할 지경에 이르게 될 것이다."

명종실록 1559년 3월 27일 기사

이 기록을 남긴 사관은 임꺽정 반란의 본질과 해결 방안을 명확히 적시하고 있습니다. 사실 문정왕후 시기 가장 큰 도적은 임꺽정이 아니라 문정왕후의 남동생 윤원형이었습니다.

윤원형은 권력을 한 손에 틀어쥔 누이의 힘을 배경으로 온갖 부정과 비리를 자행하면서 부를 쌓았습니다. 실록에는 "뇌물이 문에 가득해 국고보다 많았다"고 기록되어 있습니다. 그의 부인 정난정 역시 권세를 기반으로 상권을 장악해 매점매석 등으로 막대한 부를 거둬들였습니다.

1565년 문정왕후가 창덕궁 소덕당에서 승하하던 날, 실록을 쓴 사관은 그의 치세를 이렇게 기록했습니다.

"윤씨는 (명종 즉위 이후) 얼마 못 가서 문득 큰 옥사 (을사사화)를 일으켜 전에 인종을 부호한 사람을 모두 역적으로 지목하였다. (중략) 그 화가 길게 뻗치어 10여 년이 되도록 그치지 않았고 마침내 사림(士林)을 짓밟고 으깨어 거의 다 쳐죽이기에 이르렀으니, 이를 말하자니 슬퍼할 만한 일이다. 그 뒤에 불사(佛事)를 숭봉함이 한도가 없어서 내외의 창고가 남김없이 다 고갈되고 뇌물을 공공연히 주고받고 백성의 전지를 마구 빼앗으며 내수사(內需司)의 노비가 제도(諸道)에서 방자히 굴고 주인을 배반한 노비들이 못에 고기가 모이듯 숲에 짐승이 우글거리듯 절에 모여들었다. (중략) 스스로 명종을 부립(扶立)한 공이 있다 하여 때로 주상에게 '너는 내가 아니면 어떻게 이 자리를 소유할 수 있었으랴' 하고 조금만 여의치 않으면 곧 꾸짖고 호통을 쳐서 마치 민가의 어머니가 어린 아들을 대하듯 함이 있었다. 상의 천성이 지극히 효성스러워 어김없이 받들었으나 때로 후원의 외진 곳에서 눈물을 흘렸고 목놓아 울기까지 하였으니, 상이 심열증(心熱症)을 얻은 것이 또한 이 때문이다. 윤비는 사직의 죄인이라고 할 만하다.

1565년 명종 20년 4월 6일 기사

선조 연간에 중앙정치 무대를 완전히 장악하게 되는 사림은 이후의 조선 역사에서 문정왕후를 '악의 화신'으로, 나라를 도탄에 빠지게 한 원흉으로 지목하고 있습니다. 사림의 집권 이후 붕당이 일고 세력교체가 빈번했지만 집권파가 어디냐에 상관없이 이렇게 일관되게 욕을 먹는 실록의 등장인물도 참 드뭅니다.

1545년 명종 즉위 년부터 문정왕후가 승하하는 1565년까지 20년간 조선은 명실공히 문정왕후와 그 남동생인 윤원형의 나라였습니다.

문정왕후는 등장부터가 손에 칼을 쥔 채였습니다.

문정왕후는 명종이 즉위한 바로 그해에 선왕인 인종이 발탁한 사림의 인재들을 역모의 혐의를 들씌워 사형시키거나 유배를 보냅니다. 정치 보복은 전광석화 같아야 뒤끝이 없다는 명제를 몸소 실천한 셈입니다. 무려 100여 명의 사림이 화를 입었습니다. 이것이 조선의 마지막 대규모 사화인 을사사화입니다.

문정왕후의 집권 초기 권력에 저항한 지식인들도 있었습니다. 그러나 그 끝은 역시 죽음과 유배였습니다.

1547년 부제학 정언각과 선전관 이로는 경기 과천의 양재역에 "위로는 여주(女主)가 권력을 잡고 아래는 간신 이기가 있어 권세를 부리니 나라가 망하려 한다. 이를 보고만 있겠는가'라는 내용의 벽서가 발견됐다며 이를 고변합니다.

문정왕후와 윤원형 일파는 이를 저항세력을 일망타진할 기회로 삼아 대대적인 숙청에 나섭니다. 을사사화에 이어 조정에 미약하게나마 남아 있던 약 30여 명의 사림이 다시 죽고 귀양길에 오릅니다. 이른바 양재역 벽서 사건입니다.

영남의 대유학자 남명 조식 선생은 명종이 내린 관직을 사양하는 상소에서 이렇게 적었습니다.

> "자전(문정왕후)께서는 생각이 깊으시나 깊숙한 궁중의 한 과부에 지나지 않고, 전하께서는 어리시어 선왕의 한낱 외로운 후사에 지나지 않습니다. 그러니 천백 가지의 재앙을 무엇으로 감당하며 억만 갈래의 인심을 무엇으로 수습하겠습니까."

문정왕후의 치세에 대한 당시 지식인 사회의 생각은 대체로 이러했으나 을사사화와 연이어 터진 양재역 벽서 사건으로

남명 조식 선생

232

조정의 청류는 맥이 끊어졌고 권력에 빌붙어 권세를 누리려는 탁류만이 가득해지게 되었습니다. 임꺽정의 반란은 이 암흑의 시기 막바지에 이르러 터져 나온 반란 사건입니다.

문정왕후는 1545년 명종이 즉위하자 즉시 수렴청정의 전교를 내리고 정사에 개입합니다.

그전에 세조의 왕비 정희왕후가 수렴청정을 한 적이 있었고 문정왕후가 두 번 째입니다. 정희왕후는 재상들의 요청에 의해 수렴청정을 했지만 문정왕후는 '내가 이제부터 수렴청정을 하겠다'고 본인이 먼저 교지를 내립니다. 그가 평소에 얼마나 권력을 쥐고 싶었는지를 나타내는 한 증거가 되겠습니다.

을사사화를 일으켜 피가 뚝뚝 떨어지는 칼날부터 움켜쥐고 정치 전면에 등장한 그는 죽는 날까지 이전의 정치 질서를 깡그리 뭉개고 자신만의 왕국을 만들어 나갔습니다.

중종의 두 번째 부인은 반정 주도세력이었던 윤임의 여동생 장경왕후 윤씨입니다.

장경왕후는 그러나 후일 인종으로 등극하는 세자를 낳고 사망합니다. 이어서 중종의 총애가 경빈 박씨 등 후궁들로 옮겨가자 윤임은 자신의 윤씨 가문에서 세자를 지켜줄 만한 왕비를 물색합니다. 그가 바로 문정왕후입니다.

17세에 궁궐에 들어온 이후 문정왕후는 딸만 넷을 내리 낳았고 애초 자신이 발탁된 목적인 세자 보호에 충실하면서 후궁들의 틈바구니에서 조용히 고단한 궁중 생활을 이어갑니다.

그러던 와중에 1538년 문정왕후는 경원대군을 낳습니다. 후일의 명종입니다. 왕실에서 본처 소생의 아들이 둘이 되는 사태가 됐지만 이미 세자가 정해져 있던 때라 경원대군이 왕이 될 가능성은 거의 없었습니다. 그러나 문정왕후는 여기서 승부수를 던집니다.

문정왕후는 세자의 보호자를 자처하던 허울을 일거에 벗어 던지고 동생 윤원형과 함께 스스로가 가장 적극적인 반세자파가 되어 총력을 기울여 자신의 세력을 규합합니다. 결국 조정은 세자 편에 있던 윤임 세력 이른바 대윤과, 경원대군 편의 윤원형 세력 이른바 소윤으로 양분됩니다.

문정왕후의 세자에 대한 공격은 집요했습니다. 실록의 기록은 없지만 그가 세자를 죽이기 위해 무속의 저주 행위를 했다고도 하고 거처에 불을 질렀다는 야사도 전해집니다.

그러나 문정왕후의 이런 노력은 결과적으로 실패합니다. 1544년 중종이 승하하자 세자는 조선의 12대 국왕 인종으로 즉위합니다. 아들을 왕위에 오르게 해 권력을 갖겠다는 문정왕후의 목표는 이렇게 좌절된 듯 보였습니다.

하지만 인종이 재위 8개월 만에 승하하는 또 다른 반전이 벌어집니다. 인종이 이렇게 갑작스레 세상을 뜬 것에 대해 이른바 문정왕후 세력에 의한 독살설도 제기되고 있습니다.

인종이 승하하자 이제 경원대군이 왕위에 오릅니다. 문정왕후의 시대는 이렇게 열렸습니다. 그리고 그해 윤임 등 대윤 일파는 을사사화를 시작으로 약 3년에 걸친 대숙청을 통해 완전히 소멸됩니다.

문정왕후의 정책 가운데 눈에 띄는 것 중 하나는 불교 장려 정책입니다. 그러나 이것 역시 그의 사후 더욱 혹독한 불교 탄압을 초래하는 빌미가 된 측면이 있습니다.

조선 초 이미 사라졌던 도첩제를 부활시키고 전국에서 대형 불사를 일으키는 등의 정책은 당시 사대부들에게 조선의 통치철학 자체를 흔들려는 것 아니냐는 격한 반발을 불러왔습니다. 결국 문정왕후의 사후에는 불교가 다시 일어설 수 있는 기반 자체를 허무는 폭압적인 불교탄압이 이어졌습니다.

전국에 새로 만들어진 왕실 사찰들에 노비와 재산을 주기 위해 내수사를 통해 백성들의 재산을 강탈하거나 부당하게 빼앗는 일도 빈번해 사찰이 백성들에게 외면을 받게 만들기도 했습니다.

내수사는 원래 왕실의 사유재산을 관리하던 관청이었습니다. 그러나 문정왕후는 내수사를 자신이 직접 관할하면서 재산을 불려 나갔고 그것을 대형 불사 등에 썼습니다. 실록은 "비옥하거나 생산량이 많은 토지는 반드시 권세가 아니면 내수사에 빼앗긴다"고 기록하고 있습니다. 내수사의 환관들이 땅을 빼앗은 사례도 실록에 여러 차례 등장합니다.

문정왕후의 불사는 불교가 민간에 전파되어 불교 자체를 더욱 발전시키기 위한 신앙심에서 비롯된 것이라기보다는 왕실을 받들 사찰을 전국에 걸쳐 조성한 것이란 의미가 더 큽니다. 거기다가 강탈에 가까운 방법으로 그 재원을 충당한 까닭에 억불의 철학으로 무장한 사대부뿐만 아니라 백성들 사이에서도 불만의 소리가 끊이지 않았습니다.

여성 군주의 권력을 누렸지만 그 권력으로 가문의 치부와 정치 질서의 일탈만을 추구한 문정왕후를 여성의 정치 참여 선구자로 규정하기는 어려운 일입니다.

그는 '재상이 정사를 논하고 왕이 결정한다'는 조선의 기본적인 국가운영 구조를 붕괴시켰습니다. 국왕의 독단적인 권력 행사를 막고자 했던, 왕정국가에서는 찾아보기 힘든 발전된 형태의 정치 시스템이 문정왕후의 치세에 와서는 한순간에 무너졌습니다.

그는 권력을 사적 이익을 위해 행사했고 일가가 노골적으로 치부하고 자신도 그에 참여했던 타락한 독재자였으며 우국지사들은 재야에 묻히고 간신 적당만이 득세하며 나라 곳곳엔 민란이 계속되는 말기적 증세를 초래했습니다.

과거를 현재의 교훈으로 읽는다면 문정왕후의 치세는 오늘날에도 시사하는 바가 적지 않습니다. 자신을 비난했다고 벽에 쓴 글을 가지고 사림을 탄압한 양재역 벽서사건과, 권력자를 비판하는 전단지를 나눠줬다고 체포되고 감옥에 가야 하는 지금과는 과연 얼마나 큰 차이가 있는 것일까요.

역사는 끔찍하게도 똑같이 반복된다는 말을 새삼 확인하게 되는 오늘입니다. 문정왕후가 나라에 끼친 해악을 전한 실록의 평가만은 다시 반복되지 않기를 바랍니다.

"(문정왕후와) 그의 아우 윤원형이 중외에서 권력을
전천(專擅)하매 20년 사이에 조정의 정사가 탁란(濁亂)하고
염치가 땅을 쓸어낸 듯 없어지며 생민이 곤궁하고
국맥이 끊어졌으니, 종사가 망하지 않은 것이 다행일
뿐이다."

1565년 명종 20년 4월 6일

납치와 고문에
스러져간 천재 작곡가
윤이상

3⫶5

아이들아, 아버지는 스파이가 아니다.
-
중앙정보부에 끌려와 자실을 시도 한

윤이상이 벽에 피로 쓴 글

1917년에 태어난 우리나라 사람 가운데 전 세계적으로 가장 유명한 두 사람이 있습니다. 한 사람은 세계적인 현대음악 거장, 또한 사람은 악명 높은 독재 왕국의 주인입니다.

한 사람은 어린 시절을 보냈던 경남 통영의 앞바다를 자신의 삶보다 더 사랑했던 천재 음악가 윤이상, 그리고 또 한 사람은 일제 만주군 장교 출신 한국 대통령 박정희입니다.

아름답지 못한 이름을 드날린 이 유명한 반공주의자는 1967년 윤이상을 자신의 통치 체제에 도전하는 간첩으로 몰아 그가 활동하던 서독에서 납치해 감옥에 가두고 고문을 자행했습니다. 이른바 동백림(동베를린) 간첩단 사건입니다.

1967년엔 대선과 총선이 동시에 치러졌습니다. 4년 전의 5.16쿠데타로 헌정을 중단시키고 정권을 뺏은 극렬 반공정권은 굴욕적인 한일 국교정상화 협상과 베트남 파병 등으로 야권과 재야, 학생단체들의 거센 반발을 자초하면서 궁지에 몰린 상태였습니다.

야당에 유리할 줄로 알았던 선거에서 정작 박정희 후보가 윤보선 후보에게 약 110여만 표 차이로 가까스로 승리하자 곧바로 전국적인 부정선거 규탄 시위가 이어졌습니다. 동백림 간첩단 사건은 이때 터져 나온 중앙정보부의 간첩단 조작 사건이었습니다.

윤이상 외에도 이응로 화백, 천상병 시인도 이 사건에 연루되어 고초를 겪었습니다. 중앙정보부는 203명의 관련자를 조사했지만 이 가운데 검찰이 간첩죄나 간첩 미수죄를 적용해 기소한 것은 23명이 전부였습니다. 그나마도 법원에서 간첩죄 유죄판결이 난 사람은 단 한 명도 없었습니다.

동백림 사건 역시 저항하는 시민들을 진압하고 정권을 유지하기 위해 간첩 등 공안사건을 억지로 꾸며내는 전형적인 북풍공작의 사례입니다.

윤이상이 베를린에서 정보부 요원에 의해 체포돼 국내로 송환된 것은 1967년 초여름이었습니다.

세계적 대음악가로 고국에 금의환향하려 했던 그는 김포공항에 내리자마자 중앙정보부로 끌려가 혹독한 고문부터 받아야 했습니다.

간첩이라는 걸 자백하라며 그는 매일같이 군홧발에 짓밟혔습니다. 중앙정보부의 고문 기술자들은 그를 거꾸로 매달아놓은 뒤 코에 물을 들이붓고 각목으로 난타했습니다. 그는 '인간쓰레기' '김일성 똘마니' '간첩놈의 새끼'라고 모욕당했고 극도의 모멸감 속에 이성과 인격이 무너져 내렸습니다.

시대를 잘못 만난 이 불우한 천재는 그 고통을 견디다 못해 자살을 시도합니다.

그는 두꺼운 유리로 만든 취조실의 재떨이로 뒤통수를 수차례 내리쳤습니다. 피가 흘러내렸고 그는 흐려져가는 의식을 부여잡으며 그 피로 벽에 글씨를 썼습니다.

"내 아이들아. 아버지는 스파이가 아니다."

인류사에 빛나는 음악계의 지성과 권위를 이렇게 무참하게 짓밟은 왕국의 지배자에게 전 세계적인 비난이 쏟아지기 시작합니다.

스트라빈스키, 슈톡하우젠, 카라얀 등 음악계의 거장들은 한국 정부에 윤이상의 석방을 요구하는 호소문을 보냈고 윤이상이 활동했던 독일과 유럽 지역에서는 모금활동과 자선음악회가 봇물을 이뤘습니다.

서독과 프랑스 정부는 자국 영토 내에서 윤이상을 체포, 연행해간 것은 납치이며 서독의 영토주권 침해라고 공식 항의하고 한국 정부가 윤이상에 대한 탄압을 멈추지 않으면 문화교류 등을 일체 중단하고 예정된 차관도 제공하지 않겠다고 선언했습니다.

윤이상의 부인까지 납치해 감옥에 가두고 아무도 돌봐줄 이 없이 서독에 홀로 남은 그의 두 딸마저 납치하려던 이 세계사적 유례를 찾아보기 힘든 반인륜적인 독재자는 결국 대한민국이 얼마나 야만스러운 나라인지를 전 세계에 널리 알리고 나서야 외교적 압박에 굴복합니다.

부정선거 규탄 시위를 잠재우려는 목적을 충분히 달성한 이 조작 사건은 3년 뒤인 1970년 사건 관계자에 대한 모든 잔여 형 집행을 면제하고 석방함으로써 종료됩니다. 장기집권을 목적으로 단행한 헌정 중단 선언인 1972년 유신 선포 2년 전 의 일입니다.

윤이상과 박정희는 서독에서 서로 만난 적이 있습니다.

1964년 박정희는 차관 요청 등의 목적으로 서독을 공식 방 문합니다. 그는 서독 의회에서 이렇게 연설합니다.

> "공산주의자들을 이길 수 있도록
> 차관 제공을 요청합니다."

윤이상은 박정희와 뤼프케 서독 대통령의 면담 자리에 참석 하는데 이때 뤼프케 대통령의 소개로 박정희와 처음 악수를 나눕니다.

그리고 이어지는 교포들의 대통령 환영행사에서 서독 교민 회장의 자격으로 행사를 주도합니다. 파독 광부와 간호사들 의 서러운 눈물들이 쏟아지던 바로 그 행사였습니다. 서독 방문 기간 동안 박정희와 윤이상은 세 번을 만난 것으로 알 려지고 있습니다. 윤이상이 중앙정보부에 끌려와 죽어서도 잊지 못할 고통을 겪기 3년 전의 일입니다.

윤이상의 필생의 역작으로 꼽히는 오페라 '나비의 꿈'은 그

가 자살을 시도한 뒤 목숨을 건졌던 1967년 그 가을에 서대
문 형무소에서 쓰여졌습니다. 당국으로부터 작곡을 할 수 있
도록 겨우 허가를 받은 그는 그해 겨울 내내 온통 이 오페라
를 작곡하는데 몰두합니다. 오페라가 담고 있는 메시지는 허
무와 무위, 꿈, 초월 같은 것들입니다.

정보부의 검열을 통과해서 이 오페라가 살아남아 공연될 수
있었던 것은 어쩌면 작품이 이 같은 메시지를 담고 있었기
때문일 수도 있겠습니다. 그렇지만 이 메시지는 또한 세계에
서 유례를 찾기 힘든 이 거칠고 무식한 극우주의자들에게 던
지는 조롱일 수도 있을 것입니다.

윤이상은 독일로 돌아간 이듬해인 1971년 한국 사람이기를
포기하고 독일인으로 귀화합니다. 그러나 그는 한국의 현실
에 애달파하고 음악의 힘으로 한국의 민주주의와 통일을 돕
기 위해 끝까지 노력했습니다.

1972년 뮌헨올림픽 개막 축하 오페라는 그가 작곡한 '심청'이었습니다. 1980년 5.18 민주화 운동이 일어난 다음 해엔 '광주여 영원하라'를 썼고 1987년엔 북한 국립 교향악단이 초연한 칸타타 '나의 땅 나의 민족이여'를 작곡했습니다. 또 1994년 이른바 분신정국이 이어지던 때엔 〈화염에 휩싸인 천사와 에필로그〉 등의 작품으로 안타까운 죽음들을 위로했습니다. 어느 시인이 '죽음의 굿판을 걷어치우라'고 외치던 바로 그 무렵입니다.

그리고 그다음 해인 1995년 11월 3일.

현대음악의 거장으로 불렸던 이 천재 음악가는 꿈에 그리던 마음의 고향 통영의 파란 바다를 결국 다시 보지 못하고 세상을 떠납니다. 사랑스럽기도 하고 원망스럽기도 한 고국에 대한 애증을 씻지 못하고 간직한 채. 그의 나이 78세였습니다.

미국 뉴욕에 가면 브루클린 음악당이란 곳이 있습니다. 이 건물 로비 벽면에는 인류 사상 최고의 음악가 44명의 이름이 새겨져 있습니다. '윤이상'의 이름도 거기에 있습니다.

윤이상과 박정희. 한 명은 존경의 이름으로, 한 명은 오욕의 이름으로 명성을 떨친 1917년 동갑내기의 인생 역정은 이렇게 엮여있습니다. 두 사람은 다른 공통점도 있습니다. 윤이상과 박정희는 모두 국내에서 교사 생활을 했습니다. 그렇지만 한 사람은 음악적 성취를 위해 유럽으로 떠났고 또 한사람은 일신의 출세와 영광을 위해 일본으로 떠났습니다.

중앙정보부에 의해 고통을 겪은 것도 마찬가지입니다. 윤이상은 상상하기조차 힘든 고통의 시간을 보내야 했고 박정희는 중앙정보부장의 손에 세상을 등졌습니다. 역사가 누군가의 편집에 의해 제작되는 것이라면 그 편집자는 아마 사필귀정의 철학을 깊이 이해하고 있는 것임에 틀림없을 것 같습니다.

윤이상의 부인 이수자 여사가 쓴 〈내 남편 윤이상〉이란 책에는 윤이상이 납치와 고문을 겪은 뒤 어떻게 음악 세계가 바뀌어 갔는지 밝힌 대목이 나옵니다.

> "사실 그때까지 나의 예술적 태도는 비정치적이었다.
> 그러나 1967년의 그 사건 이후 박정희와 김형욱(당시
> 중정부장)은 잠자는 내 얼굴에 찬물을 끼얹은 격으로 나를
> 정치적으로 각성하게 하였다. 나는 그때 민족의 운명을
> 멸망의 구렁텅이로 빠뜨리는 악한들이 누구인가를
> 여실히 목격하였다. 그 뒤로부터 나는 정치성 있는
> 음악을 썼고 앞으로도 그리할 것이다."
> 이수자 '내 남편 윤이상' 중에서

4

옛날이야기지만
현재가 비칩니다

과거의 잘못이 여전히 반복되는 시대.

앞서간 역사를 들춰 오늘을 반성한다.

내 목을 잘라도
우리 땅은
자를 수 없다

4·1

여기에 나라의 오래된 증거가 있는데
어찌 이리도 나를 겁박하느냐.
-

이중하

최근 일본과의 위안부 협상 결과를 놓고 비난 여론이 거셉니다. 망국의 백성이 겪어야 했던 치욕스러운 역사를 해방된 나라의 정부가 사과 같지 않은 사과와 몇 푼의 돈으로 적당히 봉합한 것이 아니냐는 것입니다.

정부로서도 최선을 다했다고 연일 항변을 하고 있지만 국내뿐만 아니라 다른 나라에서도 한국 정부가 너무 많은 양보를 했다는 보도들이 나오는 것을 보면 굴욕협상이란 말이 그저 정부를 욕하기 위해 억지로 만들어낸 말 같지는 않아 보입니다.

여기 '최선을 다했다'는 정부에게 소개해드리고 싶은 과거 조선의 외교관이 있습니다. 조선 말 청과의 국경분쟁에서 "내 목은 자를 수 있어도 나라의 땅은 한 치도 자를 수 없다"고 준엄하게 청을 꾸짖던 토문감계사 이중하 선생이 그 주인공입니다.

1846년 (헌종 12년)에 태어난 선생은 1882년(고종 19년) 증광문과에 병과로 급제, 관직에 나갑니다.

선생은 1885년 공조참의·안변부사에 임명되었으며 이후 토문감계사(土門勘界使)로서 청나라와의 국경 협상에 임하라는 임무를 받고 청국 대표로 나선 진영, 덕옥, 가원계 등과 백두산, 토문강 등 국경 일대 점검에 나섭니다.

청나라는 두만강 이북 간도땅이 중국 영토라며 간도에서 살던 조선 사람들에게 변발과 호복을 강요하고 청으로 귀화하든지 두만강 이남 조선으로 돌아가야 한다고 통고했습니다.

이에 조선 정부가 청과의 영토 협상을 위해 이중하 선생을 파견한 것입니다.

청나라와 조선 사이에는 과거 1712년(숙종 38년) 백두산 동남쪽 4Km 지점에 있는 2,200m 고지 분수령에 백두산정계비를 세워 西爲鴨綠 東爲土門(서위압록 동위토문, 서쪽은 압록이 국경이 되고 동쪽은 토문이 국경이 된다)으로 국경을 정한 바가 있었습니다.

(그런데 이 비석은 1931년 9월 일제의 만주침략 전쟁인 만주사변을 전후로 없어지고 말았습니다. 일제는 앞서 조선의 외교권을 박탈한 을사조약 이후인 1909년 청과 간도협약을 맺어 조선의 영토가 두만강 이남이라고 청과 합의했습니다. 그런데 백두산 정계비에는 명백히 토문강이 조선-청의 경계라고 기록되어 있으므로 후일의 문제의 소지를 막기 위해 누군가 비석을 훼손했거나 빼돌린 건 아닐까요?)

국경 협상에서 청은 '토문'이 두만강을 뜻한다고 주장했고 이중하 선생은 정계비에 적힌 대로 토문강(백두산 북쪽 송화강의 지류)이 국경이라고 맞섰습니다.

물러서지 않은 선생의 강경한 태도에 청나라도 결국 협상결렬을 선언하고 이렇게 1차 감계는 국경을 확정 짓지 못하고

끝났습니다.

2년 뒤인 1887년 4월 조선의 이중하 감계사와 청 대표 진영은 다시 회령에서 회동합니다. 이것은 당시 조선에 군대를 이끌고 주둔하고 있었던 원세개의 강력한 의지에 따른 것입니다. 임오군란과 갑신정변 이후 대군을 이끌고 조선으로 출병한 원세개는 조선에 대한 여러 가지 강압책을 진두지휘하고 있었고 국경분쟁 역시 두만강으로 일방적으로 확정하기 위해 회령 회담을 강제한 것이었습니다.

청은 이 회담에서 이중하 선생을 무례하게 윽박지르면서까지 두만강 국경을 받아들일 것을 요구했습니다.

> "정계비는 근거할 것이 못되고 그 비석이
> 어느 땅에 있었다가 누가 옮겼다거나 조작했다는 것을
> 어찌 알겠습니까?"
> "옮겼다거나 조작했다는 것은 대사건이니
> 우리 조정에 상주해서 다시 판별해야 할 것입니다.
> 그 가능성이 있다면 그것을 조사해야 합니다.
> 공식적으로 말씀하기 바랍니다."
> "대답하지 않겠습니다."
> "감계사는 두만강 주장은 더 이상 상의할 것이
> 없다고 하는데 왜입니까."
> "청의 주장은 조선 내지를 축소하려는 것입니다.
> 제가 어찌 그 주장을 상의할 수 있겠습니까."
> "(갑자기 화를 내며) 공정하게 말씀하십시오."
> "나는 우리의 수백 년 옛 경계에서 정하기를 바랄
> 뿐입니다. 공정하게 말하지만 경계는 토문강입니다.

어찌 격노해서 말씀하는 것입니까."

"(크게 노여워하며) 이 일은 다시 논할 것이 없습니다.
두만강으로 확정하겠습니다."

"이곳은 조선의 내지입니다. 귀하가 마음대로
결정하더라도 저는 결정할 수 없습니다."

"(고함을 치며) 이곳이 길림 땅이지 어째서 조선 땅입니까."

"이 일은 곧 옛 경계를 분명히 밝히는 것이니 청과
조선은 3백 년 이래 본래의 옛 경계가 있었는데 어찌
오늘날 새로이 다른 경계를 정할 수 있겠습니까."

"옛 경계는 누가 아는가? 감계사는 아는가?"

"토문강이 옛 경계입니다."

"어째 그리 한결같은가. 오늘은 불가를 결정하고
하산해야겠으니 부사는 분명히 말하라."

"내 머리는 자를 수 있어도 나라의 영토는 한 치도 자를
수 없다. 여기에 나라의 오래된 증거(경계비)가 있는데
어찌 이리도 나를 겁박하느냐."

감계사등록 참조

쓰러져가는 나라일지언정 그 나라와 백성의 운명을 두 어깨에 짊어지고 분연히 외교 전쟁에 나선 조선 외교관, 조선 선비의 기개가 이와 같았습니다. 이중하 선생이 청 대표단에게 던진 이 마지막 한마디를 듣고 감격하지 않는 백성이 없었습니다.

그의 고독한 전쟁으로 간도는 조선 땅으로 남을 수 있었습니다. 간도를 삶의 터전으로 삼고 힘든 삶을 이어가던, 나라에서 받은 것이라곤 지푸라기 한오라기도 없이 모진 삶을 버텨내던 가엾기 그지없는 조선의 백성들은 선생의 항전으로 비

로소 그나마의 터전이라도 유지할 수 있었습니다.

만약 협상이 실패했고 선생이 청의 압박에 무릎 꿇었다면 그
래서 간도의 백성들이 자신들의 터전에서 모조리 쫓겨났다
면, 아마도 나라가 망한 뒤 간도를 근거로 했던 빛나는 항일
투쟁의 역사도 없었을 것입니다. 청산리 전투, 봉오동 전투,
서전서숙, 명동학교, 이상설, 이동녕, 윤동주도 모두 역사에
기록되지 못 했을 것입니다.

선생이 목숨을 걸고 지킨 간도땅은 그러나 1909년 대한제국
의 외교권을 강탈한 일본이 청과 일방적으로 간도협약을 맺
어버림으로써 영유권을 상실했습니다.

그러나 일본도 처음에는 간도를 조선의 영토로 인정했던 정
황들이 있습니다. 조선통감부는 간도 파출소를 설치했습니
다. 조선통감부는 을사조약(1905)이후 경술국치(1910) 이전까

지 일본이 조선을 완전히 병탄할 목적으로 세운 감독기구입니다. 통감부는 약 5년간 여러 가지 병탄 사전 작업을 벌였습니다.

일본이 만약 간도를 청나라의 영토로 인식했다면 일본은 간도에 통감부 파출소가 아니라 간도 주재 일본 영사관을 세웠어야 합니다. 그렇지 않고 조선통감부의 파견조직을 세웠다는 것은 간도를 조선의 영토로 인식했다는 증거입니다. 일본은 실제로 간도협약 이후에는 파출소를 폐지하고 총영사관을 두게 됩니다.

일본이 간도를 중국에 내주는 협약을 맺은 이유는 어차피 만주땅 전체에 대한 침략 계획이 있었기 때문입니다. 간도의 영유권을 인정해주는 대신 일본은 만주 철도 부설권과 푸순 탄광 채굴권을 얻어냅니다. 이는 일본의 만주 침략을 위한 사전 정지작업의 일환이었습니다.

1920년 로마교황청이 만든 한반도 지역 교구도. 간도 지역이 원산 교구에 포함되어 있다.

후일 일본은 1931년 만주사변을 일으켜 본격적인 침략을 단행함으로써 간도협약 당시의 계획을 현실화시켰습니다. 그리고 간도는 더 이상 조선의 땅이 아니게 되었습니다.

일본이 강제한 을사조약과 한일병탄이 무효라면 일제가 맺은 간도협약도 무효입니다. 또한 1954년 일제 패망 이후 제국주의 시기 맺은 조약이 모두 무효가 되었으므로 간도협약 또한 무효가 됩니다.

이중하가 나섰던 감계와 국경 협상은 다시 이루어져야 함이 마땅합니다. 해방 이후에도 수십 년이 흘러버린 지금에서는 문제 제기조차 쉽지 않은 일이겠지만 이치를 따지자면 그렇다는 얘기입니다. 상황에 따라서 원칙이 달라질 수는 없는 일입니다.

이중하 선생은 감계사로 활약한 이후 이조 참의, 외무부 협판, 대구부관찰사 등의 관직을 지냈습니다. 1898년 만민공동회의 요구로 성립된 중추원에서, 무기명 투표로 11명의 대신 후보자를 선출할 때, 선생은 2위로 천거되기도 했습니다. 경술국치 이전까지 평안남도 관찰사·경상북도 관찰사·궁내부

특진관을 거쳐 장례원경(掌禮院卿)이 되었습니다.

1909년 친일단체인 일진회가 일본과의 합방을 주장하자, 선생은 국시 유세단을 조직해 임시 국민대 연설회를 열고 합방의 부당함을 설파했습니다.

결국 1910년 합방이 결정될 당시 규장각제학이었던 선생은 항의의 표시로 관직을 버리고 아들과 함께 고향인 경기도 양평으로 낙향했습니다. 그리고 7년 뒤인 72세를 일기로 세상을 떠났습니다.

그의 묘비엔 有韓正憲大夫掌禮院完山李公重夏之墓(유한정헌대부장례원완산 이공중하지묘)라고 쓰여있습니다. 나라는 비록 망했지만 그는 죽어서도 조선과 대한 제국의 신하였습니다.

소설가 박경리 선생은 이중하 선생을 '의인'이라고 불렀습니다. '이미 나라의 지배 밖으로 떠난 유민들의 터전을 지켜주기 위하여 목을 내걸고 항쟁했다'고 극찬했습니다.

그는 조선의 마지막 선비였고 투철한 외교관이었으며 후학들의 지표였습니다. 대한민국 외교부는 지난 2011년 선생을 '한국 외교를 빛낸 인물'로 선정했습니다.

우리나라를 둘러싼 주변국들로부터 발원되는 시달림이 날로 커져가는 이때 이중하 같은 '의인'이 더욱 아쉽기만 한 요즈음입니다.

조선 여성의
재능은 축복 아닌
재앙이었다

芙蓉三九朶, 紅墮月霜寒
스물일곱 송이 아름다운 연꽃 늘어져
달빛 찬 서리에 붉게 떨어 지누나.
-

허초희

사람이 붕당 된 이후 동인의 영수 노릇을 했던 허엽이라는 분이 있습니다. 호가 초당으로 강릉의 초당두부란 이름이 바로 그의 호를 딴 것입니다. 대사간과 경상도 관찰사, 동지 중추부사를 역임한 명문가의 관료였습니다.

1563년 허엽은 딸을 낳습니다. 이름은 초희라고 지었습니다. 대부분의 조선 여성들이 본인의 이름을 제대로 얻지 못한 것에 비하면 허엽 가문의 가풍은 상당히 개방적이었던 것으로 보입니다.

조선시대는 여성이 재능을 가진 것이 축복이 아니라 재앙인 시대였습니다. 사람이라면 그 기재를 떨치려는 욕구가 당연한데 시대가 그것을 허락하지 않았기 때문입니다. 어릴 때는 부모에게, 결혼해서는 남편과 자식에게 갇혀 평생을 시대와 불화하다가 비극적으로 생을 마치는 것, 이것이 재능 있는 조선의 여성들이 걸어갔던 길입니다.

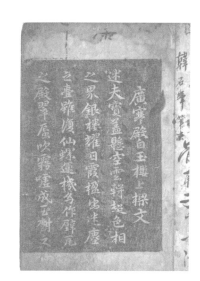

초희는 그러나 조선에서 거의 유일하게 자신을 나타내고자 한 사람이었습니다. 누구의 딸, 누구의 아내, 누구의 어미가 아니라 '나'로서 존재하고자 했던 사람이었습니다. 이런 그가 겪어냈던 시대와의 갈등은 얼마나 치열하고 고통스러웠을까요.

초희가 8살 때 지었다는 〈광한전백옥루상량문〉이라는 한시가 전해옵니다. 광한전은 신선들의 세계에 있다는 궁궐인데 그곳의 백옥루 상량식에 자신이 초대를 받아 상량문을 지었다는 내용입니다. 지금 8살이면 초등학교에 갓 입학해 선생님한테 반찬 흘리지 말아라, 밥을 왜 씹지를 않니 하는 잔소리 들으면서 혼나고 울고 엄마한테 간다고 할 그런 나이입니다. 그때 초희는 무려 신선세계의 궁궐에 자신이 초대받았다는 설정을 하고 궁궐 누각 기둥을 올리는 행사에 글을 써서 낸 겁니다. 한 재능한다는 아이들 많지만 어린 시절 초희의 문학적 재능은 동서고금을 다 훑어봐도 남다른 기재였던 것임에 틀림없어 보입니다.

초희의 둘째오빠였던 허봉은 초희의 뛰어난 문재를 진작에 알아봤습니다. 허봉은 당대 시로써는 조선 제일이라던 자신의 친구 이달에게 초희의 교육을 부탁했습니다. 허봉과 이달의 교육으로 초희의 재능은 비로소 체계적인 발전을 이루게 됩니다.

그의 한시 한편을 소개합니다.

感愚(감우)

-

盈盈窓下蘭 (영영창하란)

枝葉何芬芬 (지엽하분분)

西風一披拂 (서풍일피불)

零落悲秋霜 (영락비추상)

秀色縱凋悴 (수색종조췌)

淸香終不艶 (청향종불폐)

感物傷我心 (감물상아심)

涕淚沾衣袂 (체루첨의몌)

하늘하늘 창 아래의 난초 가지와 잎이 이렇게 향기롭더니

가을바람이 한번 스쳐가니 서글프게도 서리처럼 시들어 버렸구나

빼어난 고운 빛은 사그라들었어도 맑은 향기는 끝내 없어지지 않았다

그 모습 마음 아파서 흘러내린 눈물이 옷소매를 적신다

자신의 현재와 미래를 상징하는 이 시는 〈감우〉라는 시로 그의 대표작이라 할 수 있겠습니다.

개방적인 집안에서 훌륭한 오빠와 글선생님과 함께 시와 문학과 그림의 세계 속에 살던 초희의 운명이 갈린 것은 그의 나이 15세(1577년) 안동 김씨 가문의 김성립이라는 남자에게 시집을 가면서부터입니다. 초희는 이후 시어머니와 남편의 멸시와 무관심 속에 고독하고 슬픈 삶을 겪어 나가게 됩니다.

초희의 글재주와 그림 솜씨를 남편은 탐탁지 않게 생각했습니다. 또 과거 준비를 하느라 집에 잘 붙어있지도 않았습니다. 시어머니 역시 남편과의 불화를 이유로 그를 학대하고 구속했습니다.

한번은 남편이 과거준비를 하는 모임인 접(接)에 간다고 하고 기생집에 간 것을 알게 되었습니다. 그때 초희가 남편에게 편지를 썼습니다.

古之接有才 (고지접유재)

今之接無才 (금지접무재)

. "옛날의 접(接)은 재주(才)가 있었는데
오늘의 접(接)은 재주(才)가 없네."

접(接)이라는 한자에서 재주(才)를 빼면 첩(妾)이 됩니다. 초희는 남편의 기방 출입을 이렇게 품위를 지키며 그의 문재를 써서 고상하게 타이른 것입니다.

그가 마음을 둘 곳은 오로지 시밖에 없었습니다. 그러나 그 것은 또 다른 불화의 이유가 됐고 그런 악순환은 평생 계속 됐습니다.

게다가 1580년 아버지 허엽이 죽고 그의 멘토라 할 수 있는 오빠 허봉마저 세상을 떠납니다. 그다음 해엔 초희의 아들과 딸마저 전염병으로 죽고 맙니다. 태어나서 15세까지가 행복한 시간이었다면 그 뒤부터는 고통과 불행의 연속인 시간이었던 셈입니다.

안타깝게도 초희 그 자신도 27세에 숨을 거둡니다. 사인은 미상으로 기록되어 있지만 그는 아마 많은 불행했던 예술가가 그러했듯 세상을 떠날 때를 스스로 정한 것이 아닌가 하는 생각도 듭니다.

몽유광상산시서(夢遊廣桑山詩序)

—

碧海侵瑤海(벽해침요해)

青鸞倚彩鸞(청난의채난)

芙蓉三九朵(부용삼구타)

紅墮月霜寒(홍타월상한)

푸른 바닷물이 구슬 바다에 스며들고

푸른 난새가 채색 난새와 어울리는 듯 하네

스물일곱 송이 아름다운 연꽃 늘어져

달빛 찬서리에 붉게 떨어 지누나

그가 23세에 지은 시입니다. 스물일곱 송이 연꽃이 떨어진다는 싯구로 그는 세상을 떠날 때를 미리 암시한 것은 아닐까요. 조선에 태어난 죄, 여자로 태어난 죄, 김성립의 아내가 된 죄로 한 많은 삶을 살다간 천재 시인 초희의 잘 알려진 이름은 '허난설헌'입니다.

난설헌이 세상을 뜬 뒤 그의 시는 남동생인 허균에 의해 세

허난설헌 초상

상에 널리 알려지게 됩니다. 허균은 누이의 시를 묶어 〈난설헌집〉이라는 시집을 내고자 당대의 재상인 서애 류성룡에게 누이의 시를 보였습니다. 시를 읽은 류성룡의 한마디는 이것이었습니다.

"훌륭하다. 부인의 말이 아니다. 허씨 집안에는
뛰어난 문재가 어찌 이리도 많은가."

〈연려실기술〉 1695년(숙종 21년)의 기사를 보면 이런 대목도 나옵니다.

"청 황제(강희제)가 조선 고금의 시문과 〈동문선〉
〈난설헌집〉, 그리고 최치원과 김생, 안평대군, 오준의
글씨를 요구해서 이를 보냈다."

중국의 황제까지 난설헌의 시집을 갖고 싶어 했을 만큼 그의 업적은 빛나는 것이었습니다. 조선에서는 잘 알려지지 않았지만 중국에서는 이미 그가 세상을 떠난 지 얼마 되지 않은 1600년경부터 그의 시가 널리 읽히고 있었습니다.

정유재란 즈음해 조선에 사신으로 왔던 오명제는 신라부터 조선에 이르기까지 약 100명의 문집을 모아 이를 중국에다 소개했습니다. 여기에 난설헌의 시들도 들어 있었습니다.

1606년 조선을 방문한 중국 사신 주지번은 중국에 알려지지 않은 난설헌의 시들을 허균에게 구해줄 것을 부탁했습니다. 허균은 시들을 보여주고 이참에 시집을 내자며 서문을 지어줄 것을 요청했습니다. 이렇게 나온 것이 〈난설헌집〉입니다. (류성룡에게 시를 선보인 시점은 임란 직전으로 전쟁통에 시집 발간이 뒤로 미뤄졌었습니다)

이 〈난설헌집〉은 주지번이 중국으로 가져갔고 대단한 반향을 일으킵니다. 난설헌의 여러 시들을 엮어 이런저런 많은 문집들이 탄생했고 조선에 오는 사신마다 〈난설헌집〉을 요구하지 않는 이가 없었습니다.

난설헌의 시들을 모아 만든 여러 시집 가운데 〈긍사〉라는 책이 있습니다. 여기엔 난설헌을 이렇게 설명하고 있습니다.

허난설헌 묘. 경기 광주시

"조선에 반소(한나라의 유명한 여류시인)와 견줄만한
인물이 있다. 조선의 군신들도 그보다 앞서지 못할
것이다. (중략) 난설헌이 8살에 지었다는 백옥루상량문은
하늘이 내린 지혜가 아니라면 이런 글을 짓지 못할
것이다."

그녀를 몰랐던 조선은 중국에서 난리가 나고서야 난설헌을
다시 보게 됩니다. 문재를 다 펼치지 못한 그였지만 죽은 뒤
영광의 이름을 얻게 된 셈입니다.

하지만 그게 다 무슨 소용이겠습니까. 살아있을 때 핍박과
억압 속에 불행한 인생을 견뎌야 했던 그에게 죽은 뒤의 영
광이 무슨 의미가 있고 얼마나 위로가 되는 걸까요.

그가 세상을 떠난 해는 1589년입니다. 스페인 이사벨라 여
왕이 콜럼버스 함대를 파견해 신대륙을 개척한지 97년이나
지난 뒤입니다. 어떤 나라는 여왕이 탄생해 국가의 새 역사
를 써 내려갈 때 조선은 천재 시인을 이렇게 떠나보내 버렸
습니다. 세계적인 대격변이 이뤄지던 그때 조선은 도대체 무

엇을 하고 있었던 걸까요.

더욱 문제인 것은 바로 오늘입니다. 지금 우리 곁에 과연 현대판 허난설헌이 전혀 없다고 단언할 수 있을까요. '독한 년' '모진 년' 소리를 들어가며 일해야 비로소 승진해서 높은 자리에 올라갈 수 있는 사회, 최초 여성 조종사, 최초 여성 임원 등 그 '최초의 여성'들이 아직도 탄생하고 있는 사회에서 현대판 허난설헌은 우리가 알지도 못한 채 사라지고 있는지도 모릅니다.

오래전부터 이 글을 꼭 한번 인용을 해보고 싶었습니다. 전수안 전 대법관의 퇴임사입니다. 법관으로서, 여성으로서, 그리고 무엇보다 주체적인 '나'로서 잔잔하지만 단호한 목소리로 불평등을 꾸짖는 글입니다. 평등이란 가치로 가는 길에 훌륭한 이정표이자 등대의 의미로 이글을 덧붙입니다.

> 있을 때 못다 한 일을, 떠날 때 말로써 갚을 수 없음을 압니다. 그래서 '떠날 때는 말없이' 가 제 생각이었지만, 이번에도 소수의견이라 채택되지 않았습니다. 다수 의견에 따라 마지못해, 그래서 짧게, 그러나 제 마음을 담아, 퇴임인사를 드립니다.

> 법관은 누구나 판결로 기억됩니다. 저도 그러기를 소망합니다. 몇몇 판결에서의 독수리 5형제로서가 아니라, 저 자신의 수많은 판결로 기억되기를 원합니다. 34년간 잘한 것 못한 것 모두 제 책임입니다. 피할 수 없는 역사적 평가와 비판은 제 몫이지만, 상처받은 분께는 용서를 구합니다. 역부족, 중과부적이 변명이 될

수 없음을 잘 압니다. 인간이기를 포기한 최근의 어느
흉악범이라 할지라도 국가가 직접 살인형을 집행할
명분은 없다는 것, 아버지가, 그 아들이, 그 아들의 형과
동생과 다시 그 아들이 자신의 믿는 바 종교적 신념
때문에 징역 1년 6월의 형을 사는 사회이어서는 안
된다는 것, 이런 견해들이 다수 의견이 되는 대법원을
보게 되는 날이 반드시 오리라고 믿으면서, 떠납니다.

재판은, 판결문에 서명한 법관들끼리 한 것이 아닙니다.
판결이 나오기까지 여러 모습으로 고생하신 직원
여러분, 우리는 모두 함께 참여하고 조력한 재판으로
더불어 남을 것입니다. 경비 관리대의 실무관과
청원경찰, 새벽 어스름에 사무실과 잔디밭을 살펴주던
파견근로자 여러분, 이른 아침 여러분과의 만남은 제
힘과 용기의 원천이었습니다. 재판연구관 여러분의
열정과 헌신에, 특별히 감사드립니다. 우리가 인연을
맺고 함께 한 시간이 헛되거나 그냥 사라질 리 없습니다.
어려운 여건하에서도 자존감과 자긍심으로 기쁘게
일하시기를 바랍니다.

끝으로, 여성 법관들에게 당부합니다. 언젠가 여러분이
전체 법관의 다수가 되고 남성 법관이 소수가 되더라도,
여성 대법관만으로 대법원을 구성하는 일은 없기를
바랍니다. 전체 법관의 비율과 상관없이 양성평등하게
성비의 균형을 갖추어야 하는 이유는, 대법원은
대한민국 사법부의 상징이자 심장이기 때문입니다.
헌법기관은 그 구성만으로도 벌써 헌법적 가치와 원칙이
구현되어야 합니다.

저는 이제 법원을 떠나, 자유인으로 돌아갑니다. 훈련소 면회 한번 못 가준 아들들에게는 때늦은 것이지만, 아직 기다려주는 남편이 있어 그리 늦지 않았다고 생각합니다. 제가 이미 알고 있는 것을 남에게 전하고 가르치는 일도 뜻깊겠으나, 제가 미처 알지 못하는 것을 배우고 깨치고 싶은 꿈도 포기할 수 없었습니다. "버리고 갈 것만 남아서 참 홀가분하다" 던 노 작가(박경리)의 심경을 이해할 것 같습니다. 문정희 시인의 "먼 길"로 시작한 저의 대법관으로서의 임기를, 이제 그의 시 "내가 한 일"의 일부를 인용하는 것으로 마치고자 합니다.

나는 아무것도 아니고만 싶습니다.
강물을 안으로 집어넣고
바람을 견디며
그저 두 발로 앞을 향해 걸어간 일
내가 한 일 중에
그것을 좀 쳐준다면 모를까마는

여러분과 그 가정이 늘 평화롭고 행복하기를 기원합니다. 안녕히 계십시오.

2012. 7. 10. 대법관 전수안

나라의 아버지,
국부(國父)를 찾습니다

정부는 대통령 이하 전원이
중앙청에서 집무하고 서울을 사수하기로
결정했다. 국민은 정부와 군을 신뢰하고
조금도 동요 없이 직장을 사수하라.
-

이승만

적의 침입으로 수도를 버리고 도망간 역대 권력자들 가운데는 대표적으로 공민왕, 선조, 이승만이 있습니다.

공민왕은 홍건적의 침입으로, 선조는 일본군의 침입으로, 그리고 이승만은 50년대 언어로 '북한 공산집단'의 침입으로 나라의 중심된 본거지를 버렸습니다.

이 세 사람은 수도를 버렸다는 공통점이 있지만 그 전후 나라를 통치한 스타일은 완전히 다릅니다. 특히 그중 한 사람은 피난 가지 못해 수도에 머물러 있을 수밖에 없던 국민들을 '적을 도운 부역자'라며 의심하며 처벌하기도 했습니다. 지금 국부로 대접받아야 한다는 주장이 있는 바로 그분입니다. 그분이 과연 국부로 추앙받아야 하는 사람일까요. 역사의 발길을 따라가며 확인해보고자 합니다.

1359년 12월 중국 하남, 산서성 등지에서 난을 일으킨 홍건적의 일부가 요동을 점령한 뒤 원의 반격에 쫓겨 고려 땅을 침입합니다. 이른바 '1차 홍건적의 난'입니다. 이 적들은 한때 평양까지 점령했지만 도원수 이승경이 이끄는 고려 군대

가 필사의 반격으로 압록강 이북으로 모두 물리쳤습니다. 당시 고려 국왕이었던 공민왕은 끝까지 수도인 개경을 지키면서 고려군의 싸움을 지원하고 독려했습니다.

그 뒤 1361년 10월 다시 반선생, 사유, 반성 등이 이끈 홍건적이 재침을 하게 되는데 병력 수가 10만에 달했습니다. 고려 군은 분전했지만 워낙 대군이라 결국 삭주와 안주 등이 함락되고 개경이 위협받는 지경에 이르렀습니다.

공민왕은 피난을 결심하고 개경을 떠나 안동으로 파천했습니다. 그러나 석 달 만에 반격군의 진용을 갖춰 안우, 김득배, 정휘 등이 이끄는 동북면 군이 1월 개경을 탈환하고 적의 대장인 관선생과 사유를 잡아 죽였습니다.

이 전쟁의 의미는 적지 않았습니다. 홍건적의 압박에 대응하고자 다시 원과 제휴해야 한다는 목소리가 힘을 얻었습니다. 그로 인해 완전한 독립국가를 지향하는 공민왕의 계획에 일정한 차질이 생기게 됐습니다. 또 경기지방의 호적이 없어지는 등 중앙정부의 통제력이 한때 상실됨에 따라 사회적 혼란

태조 이성계 어진

이 더욱 커졌고 이를 틈탄 친원 권세가들의 수탈과 전횡이 다시 불거졌습니다.

반면 싸움에 이긴 전쟁영웅들이 정치 전면에 부각됨에 따라 고려는 개혁의 동력을 확보할 수도 있게 됐습니다. 최영, 이성계가 급부상한 것도 이즈음입니다. 이성계는 결국 수탈에 신음하던 백성들의 지지를 기반으로 친명사대부 세력과 힘을 합쳐 조선을 개국하게 됩니다.

모두 27명의 조선 국왕들 가운데 가장 무능했다는 불명예스런 이름으로 알려진 선조는 임진왜란 발발(1592년 4월 13일) 이후 16일만인 4월 29일 신립의 패전을 보고받고는 다음 날인 30일 서울을 버리고 탈출합니다. 왕이 도망갔다는 사실을 알게 된 백성들은 궁궐에 불을 지르고 형조의 노비문서를 불태웁니다.(경복궁은 일본군이 아닌 선조의 패전에 분노한 백성들에 의해 불탔습니다)

선조는 애초부터 중국 땅으로 망명할 생각을 했던 것으로 보입니다. 선조수정실록에 의하면 선조는 피난지를 어디로 정할지 신하들에게 여러 번 묻는데 그때마다 선조는 어차피 요동으로 가야 하는 것 아니냐는 자신의 뜻을 수차례 밝힙니다.

선조를 수행하던 관리들은 중국행을 고집하는 선조를 눈물로 뜯어말립니다. 유성룡 등은 '지금 중국 땅으로 들어가면 이 땅은 더는 조선의 땅이 아니게 된다'며 거세게 막아섰지만 선조는 요지부동이었습니다.

선조의 중국행을 막은 것은 어이없게도 중국이었습니다. 명나라는 선조가 망명의 뜻을 전하자 압록강 국경 근방의 조그만 마을로 들어오되 수행원은 군사를 합쳐 백 명이 넘지 않게 하라고 합니다. 중국은 선조 일행을 따라 몰려올 대규모 조선 난민의 유입 사태를 우려해 이 같은 조치를 한 것입니다.

환대와 함께 자신을 지켜줄 줄 알았던 중국이 내륙도 아닌 압록강 바로 이북에 그것도 백 명 이내의 인원만 들어오라고 하자 선조는 이러지도 저러지도 못하는 지경에 빠졌습니다. 그즈음 영남 의병들과 이순신 해군의 승전보가 의주에 도착하자 결국 선조는 망명 의사를 포기하게 됩니다.

난리가 터지자 보름 만에 서울을 버리고 중국에는 백성과 영토를 다 팽개치고 중국으로 도망갈 궁리만 하던 국왕 선조. 조선을 지켜낸 영웅들은 일본군뿐만 아니라 내부의 적과도 맞서야 했던 운명이었습니다.

1950년 6월 25일 새벽 4시 북한의 남침으로 한국전쟁이 발발합니다. 그 당시 이승만 대통령은 27일 새벽 2시, 특별열차로 대구로 피신합니다. 전쟁이 터진지 46시간 만입니다.

북한의 남침 하루 전인 24일 육군본부 정보국은 대통령에게 북한의 대규모 병력과 탱크가 38선으로 집결 중이라고 보고합니다. 그러나 이에 대한 대비는 전혀 없었고 심지어 주말 휴가를 내보내는 부대도 있었습니다.

전쟁이 시작된 26일 오후 육군참모총장 채병덕은 국무회의에서 "서울 사수는 물론이고 평양을 탈환하겠다"고 발언합니다.

26일 밤 9시 서울중앙방송국은 이승만의 지시로 다음과 같은 방송을 내보냅니다.

> "정부는 대통령 이하 전원이 평상시와 같이 중앙청에서
> 집무하고 국회도 수도 서울을 사수하기로 결정했으며,
> 일선에서도 충용 무쌍한 우리 국군이 한결같이 싸워서
> 오늘 아침 의정부를 탈환하고 물러가는 적을 추격

중이니 국민은 군과 정부를 신뢰하고 조금도 동요함이
없이 직장을 사수하라."

이런 방송을 내보내게 해놓고 정작 이승만 본인은 다섯 시간
뒤 서울을 탈출해 대구로 갔습니다.

28일 새벽 2시 한강 다리가 육군에 의해 폭파됩니다. 다리
위에선 대통령도 도망갔다는 소문을 들은 서울시민들이 떼
지어 피난을 가던 와중이었습니다. 수를 헤아릴 수 없는 무
고한 서울시민들이 적군도 아닌 국군의 손에 한강에 수장됐
습니다.

28일 서울을 점령한 적군은 남하를 멈추고 3일간 서울에 머
물렀습니다. 그 이유에 대해 여러 가지 분석들이 나오고 있
는데 그 가운데 이런 견해도 있습니다.

> "서울에서의 패배와 달리 춘천에서 국군은 북한군을
> 저지하고 있었다. (서울을 점령한 북한군의 진격이 멈춘 것은) 당시
> 북한군은 하루 만에 춘천을 점령한 후 한강 이남의 수원,
> 이천을 확보하여 서울을 포위하려 했지만 이것이 실패로
> 돌아갔기 때문이다.
> 김종오 춘천지구 6사단장

38선 서쪽은 무너지고 있었지만 이렇게 국군이 적을 물리치
고 있던 전선도 있었습니다. 임란 당시 선조가 요동으로 탈
출하려 했을 때도 각지의 의병들이 궐기하고 있었고 이순신
은 바다에서 적을 막아내고 있었습니다. 이승만의 후퇴는 뒤
도 돌아보지 않고 내빼는 임란 당시 무질서한 퇴각의 재현입

니다.

27일 대구로 피신한 이승만은 28일엔 대전으로 올라와 있었습니다. 대구까지 도망친 것은 너무 많이 내뺐던 것이란 자체 판단 때문입니다. 그러나 3일 후엔 전북 이리로 다시 옮깁니다. 다음날엔 목포를 거쳐서 뱃길로 부산으로 갔다가 9일엔 또 대구로 갑니다.

이승만 대통령은 14일 국군의 지휘권을 인수해 달라는 요청을 했고 맥아더는 이를 수락해 한국군의 작전지휘권은 16일 미국에 이양됩니다.

중국군의 참전으로 전선이 중부지구에서 고착되던 1950년 말 50여만 명의 국민방위군이 새로이 창설됩니다. 그런데 중국군의 공세로 경남 진주로 후퇴하는 과정에서 방위군 고위장교들의 착복으로 식량과 물자 등의 보급품을 제대로 지급받지 못해 무려 9만 명에 가까운 군인이 한겨울 장거리 행군 와중에 사망했습니다.

국민방위군 사건을 다룬 당시 신문기사

서울이 수복되자 피난 가지 못하고 서울에 남아있었던 시민들은 이승만 정부의 집요한 부역자 색출 작전에 시달려야 했습니다. 방송에서 대통령이 장담한 대로 국군이 이기고 있고 대통령과 정부와 군대가 서울을 지킬 것이라고 믿었던 사람들은 졸지에 부역자가 되어야 했고 대통령의 말을 믿지 않고 도망갔던 사람들은 살아남았습니다.

전쟁의 와중이던 1952년 임기가 끝나는 이승만은 국회에서 선출 가능성이 거의 없자 헌병과 건달들을 동원해 관제데모를 벌이고 데모대가 당시 국회의장이던 신익희의 집까지 포위하는 등 피난지 부산을 소요에 빠뜨린 뒤 이른바 발췌개헌을 단행합니다. 당시 부통령이었던 김성수는 이를 '국헌을 전복하고 주권을 찬탈하는 반란적 쿠데타'라고 비난했습니다.

1954년엔 자신의 종신 출마가 가능하도록 하는 개헌안을 냈다가 국회에서 1표 부족으로 부결되었습니다. 재적인원 2/3인 136표가 의결정족수였지만 이승만이 얻은 표는 135표였습니다.

여기서 자유당은 기상천외한 아이디어를 냅니다. 수학적으로 정확한 의결정족수는 135.3333인데 여기서 0.3333은 자연인으로 존재할 수 없으므로 0.5가 안되는 소수점 이하는 삭제하는 것이 옳다는 것이었습니다. 의결정족수가 135명이 되는 순간이었습니다. 그리고 1956년 결국 이승만은 또다시 대통령이 되었습니다.

1960년 3월 15일 그는 네 번째 대통령 선거에 나섰습니다. 그의 나이 86세였습니다. 이 3.15 선거는 여당과 정부가 총체적으로 선거운동에 나선 인류사에도 보기 드문 부정선거였습니다.

야당 후보를 찍은 투표지를 손가락을 문질러 무효 표를 만드는 '빈대잡기 표' 야당표에 인주를 한 번 더 찍어 무효를 만드는 '쌍가락지 표' 투표자들이 서로 마주 보게 기표소를 만들어 누굴 찍는지 서로 볼 수 있게 만든 '터널 기표소' 아예 노골적으로 3명이 동시에 기표소에 들어가 서로서로 표를 찍고 나오는 '3인조 투표' 등이 애용됐습니다. 자유당 완장부대의 유권자 위협, 야당 참관인 투표소 쫓아내기, 정상 투표함과 여당만 찍은 투표함을 통째로 바꾸는 '투표함 바꿔치기' 등 사전에 준비가 필요한 막무가내식 방법도 물론 있었습니다.

이 선거에서 승리해 이승만은 다시 대통령이 됩니다. 그러나 결국 국민이 그를 두고 보지 않았습니다.

4월 11일 마산에서 참혹하게 발견된 고교생 김주열의 시신은 전국을 부정선거 규탄의 장으로 만들었습니다. 18일에는 시위에 나선 고려대생들이 정치깡패들에게 습격당하는 사

건이 벌어졌습니다. 다음 날인 19일 결국 민주혁명은 시작되었습니다.

이승만 정부는 하야를 요구하는 시민들에게 총구를 겨눴습니다. 수많은 피가 거리에 흩뿌려진 뒤 4월 27일 이승만은 국회에 대통령 사임서를 제출합니다. 혁명이 끝난 5월 29일 이승만은 극비리에 하와이로 탈출했습니다.

공민왕과 선조와 이승만, 이 중에 나라의 아버지, 국부라고 불릴만한 사람은 누구일까요. 아니 이 가운데 국부 자격을 가진 사람이 있기는 한 걸까요. 이승만이 대한민국에 민주주의를 도입했다고 하는데 그 말은 사실일까요. 그가 하고자 한 것이 민주주의가 맞기는 한 걸까요?

아마 그가 보여준 마지막이 이 모든 질문에 답변이 될 수 있을 것 같습니다.

1960년 4월 19일 이 나라 젊은이들의 혈관 속에 정의를
위해서는 생명을 능히 던질 수 있는 피의 전통이

용솟음치고 있음을 역사는 증언한다. 부정과 불의에
항쟁한 수만 명 학생 대열은 의기의 힘으로 역사의
수레바퀴를 바로 세웠고 민주제단에 피를 뿌린 185위의
젊은 혼들은 거룩한 수호신이 되었다. 해마다 4월이 오면
접동새 울음 속에 그들의 피 묻은 혼의 하소연이 들릴
것이요, 해마다 4월이 오면 봄을 선구하는 진달래처럼
민족의 꽃들은 사람들의 가슴마다에 되살아 피어나리라.

국립 4.19 묘지 학생혁명 기념탑 비문

15만 원 군자금 탈취사건을 아십니까?

은행 현금수송대를
공격하기로 했습니다.
그 정보를 우리에게
주셨으면 좋겠습니다.
-

윤준희

1920년 1월 4일 늦은 밤. 북간도 용정에서 멀지 않는 동량리 어구의 뚝방길 옆 풀숲에서 여섯 개의 숨은 그림자가 어둑한 달빛을 받아 잠깐 드러났다가 다시 어둠에 잠겼다. 권총과 철봉을 손에 자국이 패일만큼 바투 쥔 그림자들은 서서히 다가오는 일제의 조선은행 회령 지점 현금수송대 행렬을 이글거리는 눈으로 노려보고 있었다.

현금수송대는 돈을 가득 실은 말과 우편물을 실은 말의 앞뒤로 모두 6명이 행렬을 이뤘다. 용정에서 파견 나온 은행원 하루구치, 회령은행 서기 김용억, 일본 경찰 나카모도, 박연흡, 상인 진길풍, 우편원 하라가시이였다.

잠시 후 무슨 일이 벌어질지도 모른 채 점점 더 다가오는 그들. 차디찬 만주의 겨울바람에 말과 사람이 내뿜는 하얀 입김과 방울소리가 인적 없는 뚝방길의 정적을 깰 뿐이었다. 풀숲의 그림자 가운데 하나가 침을 꿀꺽 삼켰다.

30미터, 20미터, 10미터. 권총 사거리에 들어오자 갑자기 매복해있던 그림자 하나가 풀숲에서 벌떡 일어서며 현금 수송대의 일본 경찰을 향해 권총을 쏘았다.

탕! 탕! 말을 타고 행렬의 선두에 있던 일본 경찰 박연흡이 말에서 꺼꾸러졌다. 이어지는 일제 사격. 기습을 당한 수송대는 혼비백산했다. 집중사격으로 대부분이 부상을 입은 채 도망쳤고 일본인 경찰 나카모도가 끝까지 저항했으나 그림자들의 철봉 세례에 발악을 멈췄다.

일제의 현금수송대를 순식간에 제압한 여섯 그림자는 놀라

날뛰는 말들을 재빨리 붙잡아 챘다. 그리고 그 가운데 일부가 현금 주머니를 가득 멘 말을 앞장세우고 동북쪽으로 달렸다. 일제의 추격에 혼선을 주기 위해 다른 그림자들은 우편물을 실은 말을 타고 남쪽으로 내달렸다.

현금을 탈취한 이들은 15리를 우선 이동한 뒤 말에 실린 현금 액수를 확인했다. 마바리를 헤치자 돈다발이 쏟아졌다. 10원짜리 지폐 5만 원, 5원짜리 지폐 10만 원, 모두 15만 원의 거액이었다. 이 돈이면 독립군을 무장시킬 소총 5,000정과 수백만 발의 탄환을 살 수 있다.

다시 돈주머니를 여민 뒤 이들은 다시 말을 타고 내달렸다. 새벽 내내 쉬지 않고 달려와 해뜨기 직전 다다른 곳은 용정의 와룡동. 그들은 여기서 돈과 함께 다시 자취를 감추고 사라졌다. 군자금을 모으기 위한 새해 벽두의 거사는 그야말로 대성공이었다.

1919년 3.1혁명 이후 국내외 항일운동단체들은 무장독립투쟁의 필요성을 절감하게 됩니다. 이에 따라 두만강 이북의 북간도(화룡, 용정, 도문, 훈춘 등 현재의 연변 일대. 청산리, 봉오동 전투 격전지)에서도 무장투쟁으로의 노선 전환과 함께 동시다발적으로 여러 곳에서 무장 독립군 부대가 결성됩니다.

그러나 대규모 무장부대를 창설, 운용하는 것은 또한 막대한 자금을 필요로 하는 일이었습니다. 항일단체들은 초반에는 이 돈을 만주의 부호나 조선인 사회로부터 모금하는 방식을 택했으나 그러한 방법도 한계에 다다르자 적의 수중에서 자금을 탈취하려는 움직임이 나타나게 됩니다. 이른바 15만 원

탈취사건도 바로 이런 흐름에 따라 이뤄진 거사입니다.

3.1혁명 이후 간도에서 결성된 무장단체 중 하나인 철혈 광복단의 최봉설, 림국정, 한상호는 무기를 갖춰야 한다는 일념으로 러시아로 건너가 막노동을 하면서 돈을 벌어 권총 서너자루와 과 탄약, 수류탄 몇 발을 사가지고 왔습니다. 그러나 이런 언 발에 오줌 누기식이면 대대적인 무장이 언제 이뤄질 지 기약이 없는 일이었습니다.

그러던 중 연변지역의 조선인 유지들이 십시일반 돈을 모아 철혈 광복단에 독립군 무장에 쓸 무기를 구입해 달라고 요청했습니다. 당시 철혈 광복단 간부였던 김하석은 이 돈을 받아 러시아를 통해 소총 2,000여 자루와 수십만 발의 탄환을 구입했습니다. 그러나 안타깝게도 무기를 실은 배가 풍랑을 만나 침몰하는 바람에 아까운 무기들이 수장됐고 간도의 독립군들이 제대로 된 무장을 할 수 있는 기회가 좌절되고 말았습니다.

김하석은 다시 무장을 할 방법을 찾다가 용정의 철혈 광복단원이던 최봉설에게 자금을 마련할 방도를 마련하라고 지시합니다.

최봉설은 윤준희, 림국정 등 용정의 다른 단원들과 함께 몇 날을 고민하다가 결국 일본의 은행을 습격하자는 결론에 다다릅니다.

이들은 자신들을 도울 수 있는 조선인 출신 일제 금융기관 직원을 물색합니다. 그러다가 간도 지역 항일단체인 국민회

회원인 전홍섭이 조선은행 용정 출장소의 서기로 근무한다
는 것을 알아냅니다. 윤준희와 림국정은 곧바로 전홍섭을 접
촉했습니다. 1919년 가을 용정의 예수교 병원 뒤 공동묘지
에서 세 사람은 처음 만납니다.

"우리는 철혈 광복 단원으로 지금 군자금을 모아 무기를
사들이는 임무를 맡았습니다. 그런데 우리가 준비했던
무기들이 간도로 오는 와중에 바다에 모두 수장되고
말았습니다. 이제 우리는 돈도 없고 고립무원의
처지입니다."

"네. 얘기는 들어서 알고 있습니다.
제가 도울 일이 있겠습니까."

"철혈 광복단은 일제의 은행을 습격하기로 결정했습니다.
그러나 은행 지점을 공격하는 것은 어렵고 그들이
은행권을 이송하는 시기와 이동하는 길을 알게 된다면
그 수송대를 공격하고자 합니다. 선생께서 그 정보를
우리에게 주셨으면 좋겠습니다."

"제가 조선은행 회령 지점에서 용정으로 오는 수송대에
몇 번 참여한 적이 있습니다. 은행에서는 돈을
정기적으로 옮기지 않습니다. 하지만 이제 연말연초이니
용정 출장소로 현금이 올 시기가 되었습니다. 제가
주시하고 있다가 사실을 알게 되면 바로 연락을
취하겠습니다."

"감사합니다. 꼭 부탁드리겠습니다. 선생 같은 분이

계셔서 나라에 얼마나 다행인지 모르겠습니다."

전홍섭은 1919년 12월 31일 용정 출장소 소장인 시부다 고로우가 회령 지점 간부와 이야기하는 것을 엿듣습니다. 그 내용은 1월 4일 혹은 5일 약 15만 원의 현금을 동량 어구를 통과해 수송한다는 것이었습니다.

전홍섭은 즉시 철혈 광복단에 편지를 썼습니다.

> "먼젓번 부탁받은 일이 1월 4일~5일에 있게
> 될 것입니다."

연락을 받은 최봉설과 윤준희, 림국정은 구체적인 행동 계획을 만듭니다. 그리고 같이 거사를 도모하기로 한 김준, 박웅세, 한상호 등과 함께 교동의 김계하 집에 모여 더욱 세밀하게 행동 계획과 작전을 가다듬었습니다.

구체적인 계획과 무기 등 모든 것이 준비된 1월 4일 아침, 거사 장소를 동량 어구로 확정한 6명의 의군들은 드디어 명동

촌을 출발해 거사장소로 향했습니다.

그들은 명동촌 어귀의 사자산과 선바위에 올라 거사 성공을 다짐한 뒤 곧바로 길을 재촉해 동량리로 떠납니다. 그날 저녁 동량 어구에 도착한 그들은 무기와 장비들을 다시 점검한 뒤 뚝방길 옆 풀숲으로 깊이 몸을 숨겼습니다.

사단 병력의 무장이 가능한 거액을 잃은 일제는 6명의 의사들을 찾기 위해 혈안이 됐습니다. 거사 다음 날인 5일 용정 주재 일본 영사관은 수백 명의 일본 경찰을 동원해 무차별로 조선족 인사들을 검거하고 수색했습니다.

1월 6일 일제 경찰은 6인의 의사들이 거사 후 몸을 숨겼던 와룡동을 수색하면서 단서를 잡습니다.

그들은 의사들 중 한 명인 최봉설을 연루자로 특정하고 그와 친족들의 집 등을 이잡듯이 뒤졌습니다. 그러나 그때 최봉설과 윤준희 한상호 림국정 등은 이미 간도를 떠나 러시아 블라디보스톡의 신한촌에 머무르고 있었습니다. 일제 경찰은 넘기 힘든 벽에 부딪히고 수사는 미궁에 빠졌습니다.

연해주에서 무기 구입을 책임진 것은 림국정이었습니다. 림국정은 평소 친분이 있던 조선인 무기상 엄인섭을 찾아가 상의했습니다.

당시 연해주에는 홍군과 백군의 러시아 내전 때 백군을 지원하기 위해 시베리아를 침공한 체코군이 헐값에 팔려고 내놓은 무기들이 많이 흘러들고 있었습니다. 림국정은 이 무기들을 엄인섭을 통해 구입하려고 했습니다.

최봉설 일행이 한참 무기 구입에 열을 올리고 있을 무렵인 1월 31일 밤 갑작스레 일제 군경이 신한촌을 급습했습니다. 신한촌의 박참봉 집에 머무르고 있던 최봉설과 그의 동지들은 난데없이 개들이 짖어대는 소리에 잠에서 깼습니다.

일제 군경은 마치 이들의 위치를 사전에 알고 있었던 듯 박참봉의 집으로 물밀 듯이 밀려들었습니다. 윤준희 한상호 림국정이 자리를 박차고 일어나 뒷문으로 도망치려던 때 갑자기 방문이 부서져라 젖혀지면서 이들을 겨눈 총부리들이 방 안으로 달려 들었습니다.

뒷방에서 잠자고 있던 최봉설은 한발 앞서 문을 박차고 뛰어나가면서 담장 앞에 있던 일본 헌병의 가슴을 거세게 걷어찼습니다. 그 기세로 담장을 뛰어넘으려던 순간 최봉설은 일본 경찰이 쏜 총을 어깨에 맞고 담장 밖으로 떨어졌습니다.

다시 벌떡 일어나 어깨를 감싸 쥔 채 필사적으로 도망치는

최봉설의 등 뒤로 일제 경찰은 집중사격을 퍼부었습니다. 다시 왼발에 총을 맞았지만 최봉설은 죽을힘을 다해 이를 악물고 달려 탈출에 성공했습니다.

일제는 현장에서 탈취당한 현금 12만 8천여 원을 압수하고 신한촌 일대 항일 인사 수백 명을 체포했습니다. 한밤중에 전격적으로 벌어진 이 일본 군경의 신한촌 공격 사건은 군함을 동원해 나진에서 블라디보스톡까지 병력을 수송하는 등 일제의 치밀한 준비 끝에 이뤄진 군사작전이었습니다.

일제는 최봉설과 그의 동지들이 어디에 있고 블라디보스톡에서 무슨 일을 하려고 하는지 손바닥 들여다보듯 낱낱이 알고 있었습니다. 그리고 한인촌의 항일 인사들이 모이는 31일 밤을 기다렸다가 전격적으로 병력을 투입해 최봉설 일행뿐만 아니라 연해주의 항일세력에 심각한 타격을 입힌 것입니다.

일제의 기습공격이 가능했던 것은 통탄스럽게도 변절한 민족반역자 엄인섭의 밀고 때문이었습니다. 림국정의 무기 구입 상의를 받은 엄인섭은 그 길로 블라디보스토크에 있는 일본 헌병대를 찾아가 용정의 15만 원 사건 범인들이 블라디보스톡에 무기를 사러 와있다는 사실을 밀고했습니다.

사건의 전말을 알게 된 일본은 이참에 연해주 항일운동을 말살할 목적으로 군함까지 동원하는 대대적인 공격작전을 세웠고 결국 1월 31일의 비극을 저지른 것입니다.

엄인섭은 원래 안중근 의사와 함께 결의형제를 맺고 연해주에서 의병을 모집하는 등 초기엔 제법 이름을 알린 항일인사였습니다. 그는 안중근과 함께 함북 홍의동의 일본 수비대를 공격하기도 했으며 1909년엔 안중근 김기룡 황병길 등 12명의 동지들을 규합해 단지회라는 비밀결사에 참여하기도 했습니다.

그러나 1910년 대한 제국의 국권이 일제로 넘어가자 그는 변절을 결심하고 일제의 밀정이 됩니다. 그는 연해주 조선인들의 자치 기관인 권업회 간부로 활동하면서 연해주의 독립운동 인사들의 정보를 일제에 넘깁니다. 또 1912년 훈춘에서 열린 한중 합작 항일운동 단체 둔전영의 창립총회에 참석해 관련 정보를 일제에 넘기기도 했습니다.

엄인섭은 결국 15만 원 탈취사건을 밀고함으로써 일제의 첩자라는 게 밝혀집니다. 그는 이후 연해주와 간도의 조선인 사회에서 사라집니다. 어디서고 제대로 정착하지 못하다가 훈춘 근처에서 1936년에 죽었다는 설이 있지만 확실하진 않습니다.

그가 밀고해 체포된 윤준희, 림국정, 한상호는 서울로 압송

된 뒤 몇 차례의 형식적인 재판 끝에 사형이 선고되고 결국 일제의 손에 순국합니다.

최봉설은 그 후 대한 의용군사회의 등 무장단체에서 항일운동을 계속했으며 1923년엔 만주에서 적기단 등 항일단체를 조직하기도 했습니다. 그러다가 스탈린의 조선인 강제 이주 정책에 따라 1937년 우즈베키스탄 호레즘이라는 곳으로 쫓겨간 뒤 현지에서 콜호스 회장 등을 역임하고 1973년 우즈베키스탄 침켄트시에서 사망했습니다.

항일 무장투쟁의 초기 군자금과 무기를 구하기 위해 목숨을 걸고 간도와 연해주를 누볐던 우리 독립 영웅들의 눈물과 피와 땀은 그 무엇과도 바꿀 수 없는 것입니다.

조선은 이제 끝났다면서 조선을 그렇게 만든 지식인들이, 고위 권력자들이 일제에 부역할 때 이들은 오로지 나라의 독립이라는 결코 포기할 수 없는 미래를 위해 싸웠습니다.

비록 지금은 만주에서 북풍한설을 헤치고 풍찬노숙을 하며

일본과 싸우고 있지만 우리 후손에겐 다시는 이 고통이 반복되지 않도록, 기필코 독립된 나라를 만들어 물려주고야 말겠다는 일념 하나로 그들은 일본 제국주의와, 그리고 잘못 써지고 있는 역사와 싸웠습니다.

이분들의 숭고한 희생이 오늘날에도 잊혀지지 않고 반드시 기억되기를 바랍니다.

중국 연변조선족자치구 용정시 동량리 소재

15만원사건 기념석비

사과 않는 일본,
쓸개 없는 조선

조선과 짧은 시간 안에
화친(和親)함으로써
조선의 일본 본토 침공을
막을 수 있었다.
-

아메노모리 호슈

일본 이란 나라가 동아시아의 '전쟁 유발자' 노릇을 한 건 어제 오늘의 일은 아닙니다. 임진년의 비참한 전쟁을 비롯해 삼국시대부터 조선까지 한반도는 왜구의 분탕질에 골머리를 앓았고 결국 나라를 빼앗기는 운명을 맞기도 했습니다.

일본이 저지른 전쟁범죄의 피해는 이루 말할 수 없었지만 그때마다 한반도의 정부들은 그저 쫓아내기에 급급할 뿐 근원적인 해결을 보지 못 했습니다. 특히 임진란 이후 조선과 일본이 강화를 맺고 다시 국교를 재개하는 과정은 목소리를 내야할 때 내지 못하고 그저 일이 흘러가는 대로 내버려 두는 외교 무능의 결정체였습니다. 역사를 제대로 걸러내지 못한 외교적 무능은 최근 일본군 위안부 협상 과정에서도 재현됐습니다.

대부분의 역사 기록은 일본의 국교재개 요청을 조선이 수차례 거부하다가 간절하게 읍소하며 수교를 요구하는 일본의 청을 이기지 못해 요구 조건을 내걸고 수교한 것으로 평가하고 있습니다. 그러나 이는 당시의 상황을 올바르게 전하는 것이 아닙니다. 당시 국교 정상화는 사실상 일본이 원하는

것은 다 이루어진 반면 우리는 최소한의 요구도 관철되지 못한 명백히 불평등한 관계 정상화였습니다.

일본이 수교를 원하고 있던 것은 사실이지만 그들은 재침략이라는 협박 카드까지 쓰면서 사실상 압박에 가까운 방법으로 수교를 얻어냈습니다.

조선은 관계 정상화의 조건으로 일본이 먼저 화친을 요구하는 친서를 보낼 것과 임란 때 선릉을 파헤친 범인을 잡아 보낼 것, 포로들을 석방할 것 등을 요구했습니다.

일본은 쓰시마 도주 요시토시가 위조한 화친 국서를 보냈고 침략 당시 어린아이였던 일본인 두 명을 선릉을 훼손한 범인이라며 보냈습니다.

조선은 친서가 일본 도쿠가와 막부가 직접 보낸 게 아니고 범인들도 진범이 아니라는 사실을 알면서도 수교에 응했습니다. 이유는 여진족이 발호하는 북방의 정세가 위급하며 이에야스가 침범의 주범은 아니라는 이유였습니다. 사헌부 등

은 이에야스가 내일의 히데요시가 될 수 있다며 반대했지만 결국 선조는 수교를 택했습니다.

> "제왕이 적을 거부하는 도리는 없었다. 조선과 일본은 또 서로 가까이 있으니 이는 천지가 끝나도록 함께할 나라로 마치 음과 양, 밤과 낮이 함께 운행함으로도 어그러짐이 없는 것과 같다. 전쟁 때라면 화의가 그른 것이지만 적이 물러간 뒤라 끝까지 거절하기도 어렵다."
> 1605년 선조 38년 5월 선조실록

북방의 정세가 혼돈에 빠진 것은 맞는 얘깁니다. 당시 누르하치가 이끄는 여진의 기세는 만주 일대에서 거세게 발흥하고 있었습니다. 이 여진족은 결국 중원을 차지하고 중국에 청을 새로 건국합니다.

그러나 여진은 1605년 조선에 사신을 보내 선린우호를 희망한다는 의사를 분명히 했습니다. 역사에 가정은 없다지만 이때 소멸해가는 명과의 관계를 조금이라도 늦추고 청과의 화친을 도모했다면 역사는 바뀌었을 것입니다.

병자년의 호란도 없었을 것이고 나아가 세상은 명나라를 중심으로 돈다는 사대주의 세계관을 이때 깰 수만 있었다면 19세기 조선의 패망도 없었을지 모릅니다.

일본은 이 당시 이에야스가 대세를 점하긴 했지만 아직 그의 통치력이 완전해지지 못한 상태였습니다. 또한 히데요시의 아들 히데요리를 포함해 지방의 다이묘들도 완전히 제압하지 못한 상태였습니다.

일본은 오히려 조선군의 복수전을 두려워했다는 평가도 있습니다. 1700년대 에도막부에서 조선통신사를 맞이하는 등 일본의 대조선 외교관으로 활약했던 아메노모리 호슈는 이에야스가 조선과 짧은 시간에(임란 종전 9년 만에 국교정상화) 화친함으로써 조선의 일본 본토 침공을 막을 수 있었다고 평가하기도 했습니다.

당시 일본은 명, 조선과 전쟁을 치르면서 홀로 고립되어 있는 처지였습니다. 히데요시를 물리치고 새로 권력자로 부상한 이에야스는 무역으로 인한 국가 수입 증대는 물론이고 조

선, 명과의 국교정상화를 통해 자신의 국제적 지위를 새롭게 정립하려 했습니다.

또 아메노모리의 평가대로 내전으로 혼란스러운 상황에서 조선이 침략해올지도 모른다는 두려움도 있었습니다. 또한 자신의 권력을 계속 유지 온존하기 위해 피 튀는 살육의 문화 대신 조선을 통해 고급문화를 전수받기를 원했습니다. 이것이 이에야스가 화친을 서두른 까닭입니다.

명분과 권리를 모두 갖고 있던 조선 정부는 그러나 수교하지 않으면 이에야스가 다시 침략해 올지도 모른다며 두려워했습니다. 만약 그런 일이 벌어진다면 여진과의 정세도 힘겨운 마당에 도저히 감당할 수 없는 상황이 올 것으로 판단했습니다. 국제 정세와 일본의 상황을 제대로 읽지 못한 조선 외교의 무능이 여실히 드러나는 순간이었습니다.

남은 것은 일본이 거짓으로 사과하는 체만 한다는 것을 알면서도 그들이 원하는 대로 통신사를 파견하고 국교를 다시 맺는 것이었습니다. 무능이 불러온 필연적인 결과였습니다.

조선을 돕기 위해 파병된 명의 이여송은 평양을 탈환하고 서울로 진격하다가 고양시 벽제관 근처에서 대패합니다. 본인이 죽을 고비를 넘고 겨우 살아 도망간 이여송은 개성에 틀어박혀 꼼짝하지 않습니다.

명군을 대파한 이 벽제관 전투를 승리로 이끈 일본 장수 중에 요시가와 히로시가 있습니다. 2대 조선 총독이었던 하세가와는 평소 요시가와를 존경했다고 하는데 하세가와는 이

벽제관의 육각정 정자를 뜯어내 일본으로 가져갑니다. 요시가와의 묘 근처에 있는 이와쿠니시 공원에 그 정자를 옮겨 놓고 요시가와의 승리를 기념하기 위해서였습니다.

일제가 조선의 유물과 유적을 모두 조사하고 국보 번호를 매길 때 남대문을 국보 1호로 지정합니다. 남대문은 임란 당시 가토 기요마사 부대가 서울로 처음 들어설 때 통과한 문입니다.

일본의 역사인식이 대개 이와 같습니다. 패전한 역사는 패전의 역사대로, 승리의 역사는 승리의 역사대로 모든 것을 기록하고 의미를 부여하고 후세에 가르치면서 결코 잊는 법이 없습니다.

예전에 정부에서 일할 때 알게 된, 일본 통으로 불리는 한 전직 외교관은 얼마 전 필자에게 이런 말을 했습니다. "일본은 불리한 문제에 대해서는 목소리를 결코 높이지 않습니다. 그 대신 때를 기다립니다. 그러면서 상대방이 요구를 거부할 수 없는 나라나 사람들에게 접근해 자신들을 설명합니다. 그리

고 나선 그들을 활용합니다. 특히 한국을 대할 때 더욱 그런 것 같습니다."

일본이 반출해간 약탈 문화재를 환수하는 일 중에 가장 힘든 일은 '우리가 무엇을 잃어버린지를 모른다'는 것입니다. 빼앗긴 유물이 무엇이고 어디에 있는지를 알면 차라리 이제 싸우면 됩니다. 그러나 어디에 무엇이 있었는지조차 모른다면 우리가 할 수 있는 일이 없습니다. 모조리 기억하고 그 기억을 오늘에 되살려 쓰는 나라와 그렇지 않은 나라는 만나게 될 미래가 전혀 다를 수밖에 없습니다.

역사에서 느끼는 자부심은 과거를 화려하게 포장하는 데서 오는 게 아니라 과거를 오늘의 교훈으로 삼아서 다시 반복되지 않게끔 만드는 성숙함에서 오는 것입니다. '역사는 현재와 과거의 끊임없는 대화'이기 때문입니다.

보이는 역사는 아주 작습니다

발행일 : 초판 1쇄 발행 2016년 4월 10일

지은이 : 이호석 / 펴낸이 : 손정욱
마케팅 : 라혜정·홍슬기·이은혜·박선경 / 관리 : 김윤미
디자인 : PL13

펴낸곳 : 도서출판 답
　　　　출판등록 - 2015년 2월 25일 제 312-2015-000063호
　　　　주소 - 서울시 마포구 포은로 56, 2층
　　　　전화 - 02-324-8220 / 팩스 - 02-3141-4934

　　　　이 도서는 도서출판 답이 저작권자와의 계약에 따라 발행한
　　　　것이므로 도서의 내용을 이용하시려면 반드시 저자와 본사의
　　　　서면동의를 받아야 합니다.

　　　　이 도서의 국립중앙도서관 출판예정도서목록(CIP)은
　　　　서지정보유통지원시스템 홈페이지(http://seoji.nl.go.kr)와
　　　　국가자료공동목록시스템(http://www.nl.go.kr/kolisnet)에서
　　　　이용하실 수 있습니다. (CIP제어번호 : CIP2016007342)

　　　　ISBN 979-11-87229-01-8 03810

값 : 13,000원